TURN

턴

초판 1쇄 펴냄 2017년 11월 15일
　　3쇄 펴냄 2019년 7월 20일

지은이 김혜진, 문부일, 이송현
펴낸이 고영은 박미숙

펴낸곳 뜨인돌출판(주) ｜ 출판등록 1994.10.11.(제406-251002011000185호)
주소 10881 경기도 파주시 회동길 337-9
홈페이지 www.ddstone.com ｜ 블로그 blog.naver.com/ddstone1994
페이스북 www.facebook.com/ddstone1994
대표전화 02-337-5252 ｜ 팩스 031-947-5868

ⓒ2017 김혜진, 문부일, 이송현

ISBN 978-89-5807-666-7 03810

이 도서의 국립중앙도서관 출판예정도서목록(CIP)은 서지정보유통지원시스템 홈페이지
(http://seoji.nl.go.kr)와 국가자료종합목록시스템(http://www.nl.go.kr/kolisnet)에서
이용하실 수 있습니다. (CIP제어번호 : CIP2017028342)

차례

차호

"그 새끼, 죽었다더라."

나병식이 초코바 포장을 벗기면서 꺼낸 말이었다.

"그 새끼?"

당장 우리 반에도 수십 명의 그 새끼가 존재했다. 나는 내가 짐작할 수 없는 그 새끼의 등장에 살짝 긴장했다.

"줄넘기 말이야."

견과류가 잔뜩 박힌 초코바를 우적우적 씹으며 나병식이 말했다.

"줄. 넘. 기?"

나는 내 머릿속 어딘가에 존재할, 잊어버린 기억을 헤집기 시작했다.

"하록이라고 하면 기억하려나?"

기억이 났다. 열넷 내 인생에서 갑자기 나타났다가 갑자기 사라진, 극적인 인물은 극히 드물었다.

"야, 너병신. 어른한테 말버릇이 그게 뭐냐."

나병식에게 말은 이렇게 했지만 사실 나도 하록 선생에게 깍듯이 어른 대접한 것은 아니어서 좀 찔렸다.

"뭐 어때? 눈앞에 있는 것도 아니고 솔직히 그 새끼 때문에 우리 체육 수행평가 박살 난 거 기억 안 나?"

기억난다, 그것도 아주 또렷하게. 하지만 그건 줄넘기 선생 탓이라기보다 우리의 운동 신경이 딱 그 정도밖에 안 되었기 때문이었다.

"왜 죽었는데?"

"심장마비라는데 구라 치지 말라고 하고, 그게 아닌가 봐."

"아니라고? 그걸 네가 어떻게 알아?"

나병식이 손에 묻은 초콜릿을 교복 바지에 닦더니 주위를 살피고는 몸을 내게 바짝 밀착시켰다. 늘 과장된 행동을 하는 것이 녀석의 버릇이기는 했지만 이번엔 어쩐지 느낌이 영 아니었다.

"짭새가 떴어. 곧 널 찾아올 거야."

"날? 왜?"

"오늘 아침에 내가 전화를 받았거든. 주댕이, 권차호가 누구냐고."

심장이 철렁 내려앉았다. 심장이 내려앉을 수도 있다는 표현을 만들어 낸 사람에게 경의를 표하고 싶을 만큼 딱 맞는 묘사였다.

"아이, 병신아! 그걸 왜 이제 말해!"

놀란 마음에 자리를 박찼다. 아침 자습 시간이었다. 경건하게 수학 문제를 풀던 반장이 나와 병식이를 째려보았다. 나병식이 내 팔을 붙잡았다.

"앉아, 권차호. 지금 네 행동 경찰 조사에서 불리하게 작용할 수 있다. 보는 눈이 몇 개냐, 여기에."

자습하다 말고 주위에 몇몇 애들이 뭔가, 하고 나를 쳐다보고 있었다.

"경찰이 왜 날 찾아?"

"죽은 줄넘기 소지품에서 '주댕이'라는 단서가 포착됐대. 주댕이가 누구냐, 너잖아. 경찰이 주댕이를 추적하는 눈치야."

"그래서 나라고 말했어?"

"미쳤냐? 내가 친구 팔아먹을 놈 같아 보여?"

"응, 몹시도 그래 보여."

나병식의 콧구멍이 벌렁거렸다. 자기가 뱉은 말에 자신이 없다는 뜻이다.

도대체 줄넘기 선생은 죽으려면 곱게 세상 하직할 것이지, 왜 애꿎은 고교생 하나 심장 떨리게 하는지 모르겠다. 나병식 말에 따르면 심장마비로 돌연사했다는데, 경찰은 무슨 이유로 줄넘기 선생의 연고자를 찾는다며 추적자 흉내를 내는 것인지 나로서는 감을 잡기 어려웠다.

줄을 미친 듯이 넘으면서도, 언젠가 경찰공무원이 될 것을 믿어 의심치 않았던 하록 선생. 그야말로 꿈에 부푼 채 희망을 버리지 않는 취업 준비생이었다.

"죽었다 다시 태어나는 게 나을걸요? 그딴 거지 같은 꿈, 포기해요!"

하록 선생에게 했던 마지막 말이 뾰족하게 떠올라 내 심장을 쿡쿡 쑤셨다. 그 날, 마지막 날. 나는 하록 선생에게 사과를 하지 못한 것이 못내 마음에 걸렸다. 그리고 아주 자연스럽게 그 모든 것을 잊고 살았다.

자습 시간이 끝나기 전, 나는 결단을 내렸다. 줄넘기 선생을 찾아 부산에 가기로 결심했다. 모른 척 앉아 있자니 마음 한구석이 무지하게 찝찝했다.

"쓸데없이…… 일기는 왜 써 갖고……. 아, 개나리반 십팔색 크레파스!"

마지막 초코바 조각을 입에 털어 넣은 나병식이 책상에 엎드렸다.

"권차호, 줄넘기가 일기를 썼는지 네가 어떻게 알아?"

"그럼 줄넘기가 주댕이란 글자를 제 허벅지에 문신이라도 새겼겠냐?"

줄넘기 선생이라면 분명 일기든 메모든, 썼을 것이다. 다른 것은 몰라도 그것 하나는 확실했다. 줄넘기 선생은 뭔가 끄적대는 것을 즐겼다. 늘 그랬다. 주야장천 뭘 그렇게 적느냐고 묻는 나에게 하록 선생은 메모하지 않으면 불안하다고 했다.

나는 교문을 나와 무작정 서울역으로 향했다. 충동적인 일탈이었다. 기말고사를 엉망으로 쳤다는 말에 엄마는 여름방학이 시작하자마자, 기숙 학원에 입소도 아니고 말 그대로 '처넣겠다'고 엄포를 놓았다. 나는 겸사겸사 부산행 KTX에 오르기로 했다. 목적이 있는 가출이었다. 줄넘기 선생이 주댕이란 글자를 어떤 이유에서 적었는지 확인하고 싶은 마음과 무단 조퇴와 결석, 가출로 인해 엄마가 나를 평범한 두뇌의 십 대로 인식하길 바라는 마음에서였다.

서울역으로 향하는 지하철에서 나는 수중에 돈이 없다는 것을 깨달았다. 모바일 티머니로 지하철값은 냈지만 기차값은 글쎄, 어떻게 해야 할까? 순간 나는 엄마의 병원에 걸린 광고판 문구를 떠올렸다.

'눈부신 미모! 오늘을 살아가는 당신의 치명적인 무기가 될 것입니다.'

강남 최대 규모의 성형외과 〈BELLA〉가 엄마의 일터였다. 엄마는 내가 태어나기 전부터 수많은 사람들의 턱을 깎고, 코를 세우고, 눈을 앞뒤로 트여 줬다. 한마디로 안면계(顔面界) 권위자였다. 엄마는 늘 내게 물었다.

"권차호, 네 무기는 뭐니?"

나는 당당하게 무임승차를 시도했다. 그리고 성공했다. 엄마가 나에게 원하는 지상 최고의 무기는 뛰어난 성적이겠지만, 내가 생각하는 나의 무기는 언제 어디서든 당당할 수 있다는 것이다. 가진 것이 없으니 크게 잃을 것도 없고, 바라는 게 없으니 아쉬울 것도 없는 것이 내 인생이었다. 개찰구에 검표 직원이 있는 것도 아니어서 열차에 뛰어올라 타기만 하면 되었다.

줄넘기 선생만 아니었다면 무임승차를 해 가며 부산행 KTX에 몸을 실을 이유는 지구상 어디에도 없었다.

만석인 열차 안에서 한 자리가 눈에 들어왔다. 맞은편 자리가 텅 빈 것은 물론이고 내 또래 여자애가 창밖을 보고 있는 모습이 인상적이었다. 무릎이 닳은 물 빠진 청바지와 흰 셔츠를 입고 있음에도 불구하고 눈에 띄는 아이였다. 예쁘단 소리는 아니고…… 뭐랄까, 기묘한 애였다. 눈망울이 과학 백과사전에서 봤던 블랙홀을 연상케 할 만큼 까맸다. 그토록 큰 눈망울을 갖고도 눈동자에 감정이란 게 전혀 드러나지 않는 애였다. 뽀얗고 동글동글한 생김새가 한마디로 귀여운 강아지를 연상케

했다. 야구 모자는 귀여운 여자애를 더욱 깜찍하게 만들었다. 자리 있냐고 물어볼까 하다가 무임승차한 것을 광고할 필요는 없기에 그냥 입 다물고 앉았다.

여자애가 자리에 앉는 나를 빤히 쳐다보았다. 나는 예의상 싱긋 웃어 주었다. 여자애가 하는 일이라고는 창밖을 보는 것뿐이었다. 유난히 작은 손과 가는 손목이 위태로워 보였다. 뼈마디가 드러나도록 핸드폰을 꼭 움켜쥐고 있었다.

부산까지 얼굴을 마주 보고 가야 할지도 모르는데 멀뚱하니 여자애의 얼굴만 보고 있기도 뭐했다.

'얘도 땡땡이? 얘네 집에서는 자기 딸이 수업 땡땡이치고 부산행 기차를 탄 걸 알까? 알면 얘네 부모님은 울고불고 걱정하고 난리를 피울까?'

나는 혹시나 하는 마음에 식구들에게 메시지를 전송했다. 집에서도 방에 있는 사람에게 카톡이나 보내는 식구들이니 전화하면 되려 낯설어할 게 뻔했다.

⊠ 집 나왔어요…… 걱정 마세요.

뭔가 심오하면서도 나의 심경을 담을 수 있는 문장을 구사하고 싶었지만 언어영역 4등급의 한계는 여기까지인 듯싶었다. 문자 메시지가 왔다.

'설마 나한테 걱정이란 걸? 이러면 내가 크게 당황하는데…… 아이참나.'

식구들 중 한 명이 집 나왔다는 내 문자에 반응을 보인 것일까. 드디어 우리 집에도 기적이란 것이 일어나는구나. 심장이 쫄깃해지는 기분이었다.

✉ 정모현 원장님, 수술 중이십니다. 〈BELLA 성형외과〉

역시 엄마는 기대를 저버리지 않았다. 자식의 가출 소식 앞에서도 본연의 캐릭터를 잃지 않는 올곧음! 그러나 현실은 더욱 비참했다. 엄마는 자신의 커리어를 쌓느라 내 문자를 확인조차 못 했을 것이다. 자동응답 메시지에 저장해 놓은 내용이 전송되었을 뿐이다. 우울하게 생각하지 않으려고 했지만 서로에게 관심이 없는 가족을 가졌다는 것은 분명 서글픈 일이었다. 언제부터 그렇게 되었는지 기억나지 않았다. 우리 집 사람들은 각자 살기 바빴다. 얼굴을 맞대고 앉아 밥을 먹은 지도 까마득했다. 나는 엄마와 아버지 얼굴을 집에서보다 텔레비전에서 더 자주 봤다. 엄마는 아침 프로그램에서, 아버지는 교육 방송 프로그램에서.

한때 나는 우리 집안의 살아 숨쉬는 부적이었다. 세상의 모든 이치를 논리적으로 따지고 드는 엄마가 늘 사주팔자, 신점에 의탁한다는 것은 그 무엇으로도 설명할 수 없는 행동이었다.

"그때 그 점쟁이가 그랬지. 널 낳아야 한다고, 네가 우리 집안의 복덩이가 될 거라고."

내가 집안의 복덩이였는지, 뭐였는지는 알고 싶지 않다. 우리 집안을 쓱 스캔해서 보더라도 내가 제대로 된 복덩이 역할을 한 것 같지는 않았다. 아버지는 종종 바람을 피웠고 엄마는 묵인하는 것으로 자신의 교양을 드러냈다. 영재, 수재, 천재. 삼재 소리를 듣고 자란 형은 자신이 연구하는 분야가 아닌 이상, 그 어떤 것에도 무관심했다.

커다란 분란이 없는 것, 그걸 두고 점쟁이는 복을 운운했는지 모른다. 결국 나는 집안의 부적 역할 정도에 지나지 않았다. 집 안에서 대화라고 부를 만한 말소리는 점점 사라져 갔다. '방관은 가족의 힘.' 이것이 우리 집 가훈이라면 가훈이었다.

나는 손에 든 핸드폰에서 시선을 떼지 못하는 여자애에게 말을 걸었다.

"너도 집에다 연락하는 거야?"

아무리 생각해도 지나친 간섭이었다. 여자애가 나를 쳐다보았다. 내 뱃속의 내장까지 꿰뚫어 볼 것 같은 눈초리였다.

"너, 나 알아?"

"나? 내가 널 아냐고? 알아야 하는 건가?"

여자애가 무표정한 얼굴로 내게서 고개를 홱 돌려 버리는 순간, 나는 바보가 된 기분이었다.

'그래, 내가 괜한 참견했다. 이놈의 오지라퍼.'

여자애는 출발할 때부터 광명역을 지날 때까지 입도 뻥긋 안 했다. 통로를 지나는 사람들과 시선을 마주치지 않으려는지, 여자애의 까만 눈동자는 줄곧 창밖을 향해 있었다. 하지만 여자애는 창밖 풍경에 아무런 미련도 없어 보였다. 핸드폰을 움켜쥐고 있는 손마디를 보고 있자니, 뭔가 중요한 연락을 애타게 기다리고 있는 눈치였다.

'그렇게 창밖만 보고 있으면 목 아플 텐데……'

여자애는 곧은 자세로 당당하게 앉아 있었다. 평일 오전 11시면 수업이 한창인 시간이었다. 그런 시간에 누가 봐도 고교생이 분명해 보이는 남녀 학생 둘이 마주 앉은 모습은 기차에 오른 승객들에게 이질감을 불러일으키기에 충분했다. 부산행 열차임을 알리는 기내 방송을 듣고 있자니 나 스스로도 어이가 없어서 헛웃음이 났다.

권차호, 야. 주댕이! 어디냐? 진짜 부산 간 거야?

나병식이었다. 내 핸드폰의 수신음 소리에 여자애가 소스라치게 놀랐다. 보는 내가 '미안'이라고 무의식중에 사과할 정도였다. 나는 찰나의 순간, 여자애의 얼굴에 비친 감정이 두려움이라고 확신했다. 한 손으로 쥐고 있던 핸드폰을 여자애는 이제 두 손으로 꼭 움켜잡았다.

나는 병식의 카톡에 대답 대신 KTX 실내를 잘 담아낼 수 있게 위치를 선정하고 셀카를 찍었다. 찰칵, 소리에 여자애가 나를 매섭게 노려보았다.

"무슨 짓이니? 지금 너, 뭐 한 거야?"

누가 봐도 지나친 반응이었다.

"너, 안 찍었어. 몰카 아냐."

여자애는 입을 꼭 다물고 나를 잠깐 보더니 다시 창밖을 보았다.

'찍었지롱.'

여자애는 손끝을 떨고 있었다. 새하얀 여자애의 손끝은 닳고 닳아 있었다. 단정한 차림새와 달리, 여자애의 손톱 끝은 물어뜯은 자국이 가득했다. 뭉툭해진 손톱 끝자락에는 핏망울이 맺혀 있었다. 여자애의 손톱과 붉은 입술을 보고 있자니 이상야릇한 기시감이 들었다. 나는 내 열 손가락을 가만히 바라보았다. 과거를 깨끗이 잊은, 반들거리는 손톱이 있었다.

중학교 때인가, 열 개의 손톱이 반 토막이던 시기였다. 한 집에 살았지만 우리 가족은 서로에게 늘 무심했다. 그때부터였을 거다, 쉽사리 잠들지 못한 채 밤마다 침대에 누워 어둠 속에서 손톱을 물어뜯었던 것은.

"넌 어디까지 가니?"

여자애는 여전히 묵묵부답이었다. 우리 집 풍경을 그대로 열차 안에 옮겨다 놓은 것 같은 기분이 들었다. 자꾸 이렇게 도도하게 굴면 매력 떨어지는데.

"난 부산까지 가. 혹시 너도 중학교 때 줄넘기 시험 봤니?"

나는 줄넘기 수행평가 때문에 줄넘기 과외란 걸 한 적이 있었다. 나병식과 내가 '줄넘기'라고 부르는 사내가 바로 그 줄넘기 과외 선생이었다. 줄넘기의 본명은 이하록이었다. 특이한 이름이었다.

"넌 줄넘기 과외 안 했니? 수행평가 말이야."

인형은 대답이 없었다. 그러거나 말거나 나는 혼자 주절대기 시작했다. 내가 잘하는 것이기도 했고 여자애의 까만 눈망울을 보고 있자니, 어쩌면 애도 누군가의 이야기가 절실할지도 모른다는 오지랖이 발동한 까닭이었다.

"너, 줄넘기의 효능 알아?"

16

나는 서울역으로 오는 동안 핸드폰으로 검색한 줄넘기의 효능에 대해
읊어 댔다.

"심장이 튼튼해지고 신체 기능이 활발해져서 지구력 향상과 심혈관
질환에 좋다더라."

줄넘기 과외를 할 때도 찾아보지 않았던 내용이었다.

"얘, 내가 그런 것까지 알아야 하니?"

"그러게. 알 필요는 없지. 그런데 줄넘기로 돈 벌어먹고 산 사람이 심
장마비로 죽었다는 소식은 질 나쁜 사기극 같지 않냐?"

이런 백해무익한 검색 결과는 처음이었다. 다른 건 몰라도 줄넘기 선
생은 적어도 심장마비로 죽어서는 안 되었다. 벙싯거리는 여자애에게서
먼저 고개를 돌려 버렸다.

드르르륵. 핸드폰 진동음이 울렸다. 내 것은 아니고 여자애의 손끝이
가늘게 떨렸다. 핸드폰을 보는 여자애의 머리 위로 햇살이 쏟아져 내렸
다. 복숭앗빛 뺨 때문인지 나이보다 어려 보였다.

기차는 이제 천안아산역을 지나가고 있었다.

무료함을 참지 못해 핸드폰으로 인터넷을 들여다보며 시간을 때웠다.
손끝으로 진동이 전해졌다. 나병식이었다.

대박! 사진 속 여자애 알고 찍은 거야?

무조건 꼬셔. 걔, 요즘 주목받는 연습생이야. 역사 좀 이뤄 보셔.

나병식이 대박이라면 대박인 거다. 여자 연예인에 관해서라면 백과사전을 편찬할 녀석이니까. 내 핸드폰의 진동이 울릴 때마다 여자애가 보이는 반응을 나는 이렇게 해석하기로 했다. 어쩌면 애도 나랑 대화를 나누고 싶은데 유난히 부끄럼을 타는 성격이라 내 반응을 기다리고 있는 것인지도 모른다는. 확신이 들자, 내 근육의 반응 속도는 놀라울 정도였다. 또다시 울리는 내 핸드폰 진동 소리에 맞춰 여자애의 손목을 살짝 쳤다. 여자애의 손에 있던 핸드폰이 공중에 솟구쳤다. 나는 그 찰나를 놓치지 않고 여자애의 핸드폰을 잡아챘다.

'나이스 캐치!'

"야! 뭐하는 짓이야?"

날카로운 파열음에 화들짝 놀란 나는 그 애의 핸드폰을 바닥에 떨어뜨렸다. 가벼운 장난으로 말 좀 섞어 보려고 했는데 다 틀렸다.

"헐, 뭐 대단하다고. 전화기가 목숨이냐?"

나도 모르게 튀어나온 말이었다. 주위에 앉은 몇몇 승객이 호기심 어린 시선으로 우리를 바라보았다. 미안한 마음이었는데 버럭 화내는 모습을 보니까 나도 모르게 부아가 났다.

"……그래, 내 목숨이다."

여자애는 바닥에 떨어진 핸드폰을 제 품 안으로 숨겼다. 나를 날카롭게 쏘아보더니 입을 열었다.

"이럴 거면 다른 자리로 가 줬으면 좋겠어."

"야, 여자. 네가 이 자리 전세라도 냈냐?"

이렇게 황당한 부탁은 태어나서 처음이었다. 아무리 내가 무임승차

했기로서니!

여자애는 입을 꼭 다물고 나를 노려보았지만 나는 팔짱을 끼고 '어쩔 테냐' 하는 표정으로 싱긋 웃어 주었다. 등받이에 기대 다리를 꼬는데 여자애가 청바지 주머니에서 뭔가를 꺼내 내 눈앞에 들이밀었다.

"이게 다 뭐야?"

기차표였다. 놀랍게도 맞은편 좌석까지, 네 좌석표였다. 내 등 뒤를 향해 고갯짓을 해 보였다. 검표원이 다가오고 있었다.

"야, 남자. 방해하지만 않는다면 나도 상관 안 해. 어떡할래?"

뭔가에 홀린 것처럼 나는 연신 고개를 끄덕였다. 나병식이 이 장면을 봤다면 스타일 구겼다고, 고추를 떼라고 했을 거다. 여자애는 또다시 창밖으로 시선을 돌렸다. 가슴이 오르내리는 것이 눈에 보일 정도로 크게 숨을 들이쉬고 있었다. 여자애의 가슴에 관심이 있어서가 아니었다. 그냥 숨을 들이마시는 모습이 잊고 있던 하록 선생의 행동과 비슷해 보였다. 그는 살아 숨쉬는 행위 자체를 유난히 힘겨워하던 사람이었다. 그게 전부였다.

어차피 일사병과 열사병의 차이를 명확히 구분 짓지 못하는 건 매한가지였으니 둘 중 아무거나 걸려 쓰러졌으면 좋겠다. 열네 살의 초여름은 뭔가를 명확히 정의 내리고 구분 짓기에 무리가 있는 계절이었다. 초등학교 때부터 별의별 학원에, 과외란 과외는 다 받았지만 하다하다 줄넘기는 너무했다. 나병식은 영혼이 반쯤 나간 표정으로 줄을 휘둘렀다.

"아, 젠장! 줄이 끊어지기 전에 내가 죽겠다. 저 선생, 짜가 아냐?"

나병식의 말대로 줄넘기 선생은 요령이 없어 보였다.

"권차호, 보이냐? 이 땀 때문에 내 조각 같은 이목구비까지 흘러내리겠어."

"너병신, 네 외모는 수용성이냐? 꺼져라."

얼룩 하나 없는 새하얀 컨버스 올스타를 신고, 상표도 미처 떼지 못한 운동복을 입은 줄넘기 선생의 복장은 어쩐지 줄넘기와는 거리가 먼 사람 같았다. 그가 우리에게 가르쳐 준 줄넘기 비기라고는 달랑 이것뿐이었다.

"호흡 조절을 하면서 넘을 수 있다는 믿음을 가져. 첫째도 숨쉬기, 둘째도 숨쉬기야."

그런 말은 나도 하겠다. 엄마들 사이에서 서울대를 나온, 제법 인지도 있는 선생이라고 했다. 줄넘기를 가르치는 데에 그깟 인지도가 무슨 상관일까 싶었지만 엄마들에게는 그렇게 간단한 문제가 아니었다.

첫날 수업 이후, 줄넘기 선생의 노하우에 인내심과 믿음을 갖지 못한 엄마들이 생겨났다. 우리 엄마가 줄넘기 선생을 포기하지 않은 것은 선생을 믿자는 교육적 신념과는 아무 상관이 없었다. 수술 스케줄이 살인적으로 밀려 있어서 밤이면 집에 들어와서 곯아떨어졌기 때문이었다. 아버지는 내가 뭘 배우고 다니는지 알지 못했다. 그러니까 내 부모들은 "아들, 줄넘기 선생님은 어때?"라든가, "줄넘기를 하기에 네 팔다리 컨디션은 나쁘지 않니?" 따위의 질문을 해 줄 여력이 없었다. 그나마 잊지 않고 식탁에 과외비를 놓아 주는 것을 다행이라고나 해야 할까.

"병식아, 넌 줄넘기 그만 안 둬? 너희 엄마가 계속하래?"

사흘이 지나도록 구보로 뛰기는 제자리걸음이었다. 앞으로 남은 가위바위보 뛰기, 2박자 뛰기, 십자 뛰기 등등의 줄넘기 기술을 어떻게 구사할지 안 봐도 비디오였다. 세상 어떤 놈이 이렇게 많은 종류의 줄넘기 기술을 만들어 냈는지 기도 안 찼다.

"몰라. 족집게가 아닌 것 같다고 아무리 말해도 안 먹혀. 서울대 출신인 거랑 줄넘기가 무슨 상관관계가 있다는 건지, 헐."

줄넘기 선생은 반으로 줄어든 과외 학생들을 보고도 실망하지 않는 눈치였다. 아무도 따라하지 않는 준비 운동을 하고 줄을 잡고 솔선수범하듯 줄넘기를 했다.

"호흡 조절을 하면서 넘을 수 있다는 믿음을 가져. 숨쉬기, 숨쉬기!"

똑같은 말을 반복하면서 묵묵히 양발모아 뛰기를 해내고 있었다. 가장 기본적인 줄넘기를 하면서 백 회를 못 넘겼다. 그러나 어느 순간, 욕을 해 대면서도 줄을 넘고 있는 나병식과 혀를 빼물고서도 팔다리를 교차하는 나를 발견할 수 있었다. 학생은 계속해서 줄었지만 하록 선생은 결코 실망하는 법이 없었다. 준비 운동을 하고 사탕 통을 꺼내 작은 알갱이를 입안에 넣고 씹었다. 어쩌면 인생의 단맛은 사탕을 녹여 먹는 것이 전부일 수도 있겠다 싶었다.

기상 예보에도 없던 폭우에 아이들 모두 줄넘기 강습에 나오지 않았다. 체육관 안에는 농구부 훈련 때문에 들어갈 수가 없었다. 체육관 처마 밑에서 나는 줄넘기 선생 하록과 어깨를 나란히 하고 서서 줄기차게 쏟아지는 빗줄기를 구경했다. 함께 수업한 지 2주가 지났지만 하록 선생과 나 사이에 어색한 침묵을 깰 만한 친밀감은 없었다. 그 어색함을 깨게 된 계기는 어이없게도 삼십만 원이었다.

"권차호, 고마웠다. 덕분에 이사 잘했어."

"그게 다예요? 집들이 안 해요? 방값도 빌려줬는데?"

며칠 전, 방값 삼십을 빌려줄 수 있냐고 부탁하는 그에게 나는 적잖이 놀랐다. 과외 학생에게 방값을 빌리는 과외 선생 얘기는 들어 본 적이 없었다.

'서울대 나오고 삼십이 없나? 같은 서울대 나오고 누구는 무보증 방값도 없고 엄마는 병원 체인을 내나? 인생 사는 데에 서울대가 문제가 아니구먼.'

무보증 방을 언급하며 내게 삼십을 빌려 달라는 하록 선생의 얼굴을 떠올리면, 차마 '어떻게 살면 서울대 나오고 돈 삼십이 없어요?'라는 질문조차 하기 껄끄러웠다. 살면서 그런 표정은 처음이었다. 말로만 듣던 나라 잃은 표정이란 것을 하록 선생의 얼굴에서 볼 줄이야.

"집들이라고 할 수는 없지만 라면은 나쁘지 않게 끓여."

어차피 집에 가 봤자 아무도 없고 이 시간에 혼자 피시방을 간다 한들 그다지 재미도 없었다.

비탈길을 한참 거슬러 올라 다다른 곳은 집과 집 사이로 사람 하나 정도 지나갈까 말까 한 좁은 골목이었다. 앞집과 옆집의 분간이 가지 않을 정도로 다닥다닥 붙은 집들 사이의 골목길로 각종 소음이 쏟아져 나왔다. 좁은 골목길을 누비는 그는 크게 심호흡을 했다. 그토록 경건해 보이는 숨쉬기는 처음이었다. 들썩이는 하록 선생의 가슴팍을 곁눈

질하다가 툭 한마디 건넸다.

"집이 도대체 어디예요? 오늘 안으로 집에 도착하는 거죠?"

"물론이지. 조금만 가면 돼. 그 전에 라면이라도 사 가자."

난데없이 내리막길이 시작되었다. 슈퍼마켓을 가운데에 두고 오른쪽은 다시 오르막길, 왼쪽은 내리막길이었다. 슈퍼에 들어간 하록 선생은 선심 쓰듯 먹고 싶은 걸 고르라며 큰소리쳤다. 하나 골라 집으려는데 하록 선생이 라면은 거기서 거기라며 내가 고른 것에 비해 비교적 가격이 저렴한 것을 골랐다.

"집에 달걀 있어요? 난 라면에 달걀 꼭 넣어서 먹는데."

하록 선생은 여섯 개짜리 달걀을 구입했다. 내 입을 두고 고급지네, 어쩌네 하면서도 무보증 무담보로 돈을 빌려준 제자에게 야박하게 굴 순 없다며 중얼거렸다.

슈퍼를 나서는데 그가 냉장고 앞에서 걸음을 멈췄다.

"아이스크림 먹을래?"

"왜요?"

"너, 참 착한 것 같아서. 뭔가 보상이 있어야 하지 않을까 싶어서. 이제껏 살면서 내가 뭔가 부탁하면 세상은 늘 대가를 바랐는데 넌 그 대가를 묻지 않은 유일한 사람이었거든."

대가라……. 기브 앤 테이크가 확실한 관계에 대해 나는 서글픔을 느꼈다. 그래서 시험하고 싶었다, 가족들을. 적어도 밤늦도록 돌아오지 않는 나를 한 번쯤은 걱정하지 않을까 확인하고 싶었던 모양이었다.

"그럼 오늘 하루 재워 줘요."

옥탑방이었다면 조금 덜 슬펐을까. 하필이면 하록 선생의 아지트는 반지하도 아니고 완전 지하였다. 자려고 누웠더니 땅속으로 꺼질 것 같은 기분이 들었다.

"너, 진짜 집에 안 가도 되겠어? 부모님이 걱정하실 텐데. 연락 제대로 드린 거 맞지?"

"거참. 하룻밤인데요. 그리고 아까 봤잖아요, 통화 연결 안 돼서 내가 음성 남긴 거. 그리고 우리 집 사람들 각자 바빠서 내가 있는지, 없는지 조차 잘 몰라요."

방 불을 끄자 애당초 빛이란 것은 존재하지 않는 공간처럼 깜깜했다. 꿈이나 꿀 수 있을까. 앞이 너무 어두워 상상이란 걸 하기 힘든 공간이었다.

함께 저녁을 먹으며 나는 하록 선생에 대해 새로운 사실을 알 수 있었다. 하록 선생은 달걀을 먹지 않는다. 운동 유발성 아나플락시스를 앓고 있다고 했다. 달걀이 들어가지 않은 라면을 따로 끓여 먹고서 그는 사탕 통을 열어 항히스타민제를 먹었다.

"약을 왜 거기다 넣어요?"

"환자 같아 보이기 싫어서. 게다가 여기서 꺼내 먹으면 약 같지 않고 진짜로 약에서 단맛이 느껴져."

물도 마시지 않고 그는 약을 오독오독 씹어 먹었다.

"알레르기 쇼크라는 게 만만치 않아. 정확한 원인을 찾을 때까지 의사가 달걀이랑 심한 운동은 피하래. 심하게 움직인 날은 이 약 먹지 않으면 호흡곤란으로 심장이 멎을 수도 있다나, 뭐라나. 그런데 먹고사는 게 줄넘기라니."

적어도 그의 꿈이 줄넘기 선생은 아니어야 한다. 그는 목숨을 걸고 생계를 꾸리고 있는 셈이었다.

우리는 후식으로 아이스크림을 먹었다. 빛이 들어오지 않는 방의 적막감이 어색했는지 하록 선생이 노트북을 켜 음악을 틀었다. 노트북 바탕화면에 노을 지는 바닷가 풍경이 깔려 있었다. 오렌지맛 쭈쭈바를 물고 나는 오렌지 빛으로 물들어 가는 하늘과 바다를 멍하니 쳐다보았다. 〈에반게리온〉의 엔딩 곡, 'Beautiful World'가 묘하게 다가오는 밤이었다.

나는 하록 선생에게 줄을 넘는 데에 특별한 기술을 갖고 있는 것 같아 보이지 않는다는 소리를 했다. 무슨 소리냐고 발끈할 줄 알았는데 그의 반응은 뜻밖이었다.

"줄넘기를 배우겠다고 매번 내 욕을 먹는 너나, 대학 나와서 줄 넘는 거나 가르치는 나나……."

줄을 넘는 세상의 모든 방법을 알고 있다는 듯 늘 자신만만하던 선생이 푸념하자 나는 적응이 되지 않았다.

"선생님, 진짜 서울대 나왔어요? 병식이가 그러던데."

"너, 이 과외 시장에서 서울대 아니면 연필 쥐는 법도 못 가르친다는 것 모르냐?"

물론 나는 몰랐다. 그는 내가 자신의 상황을 이해할 수 없을 거라고 했지만, 나는 내 처지가 하록 선생과 다를 바 없이 흘러가고 있다는 것을 잘 알고 있었다. 아버지도, 엄마도, 형도 모두 대한민국 최고의 일류 대학 출신이다. 지금의 내 성적으론 일류 대학과 아무 상관없는 인생을 살아야 할 게 뻔했다.

"넌 DNA가 아무렇게나 생기는 줄 아니? 집안의 기록이자 역사야. 부모와 형제가 일류대 갔으면 너도 당연히 갈 수 있는 유전적인 조건이 구비되어 있는 거라고. 우리 집안의 오점이 되지 말아라."

DNA가 구비 서류와 같다는 걸 엄마를 통해 처음 알았다. 날 낳은 게 맞냐고 묻고 싶었다. 나의 역할은 잘난 가족들의 스펙에 똥칠하지 않는 것 정도랄까? 형처럼 자기밖에 몰라도, 아버지처럼 애인을 바꿔 가며 바람을 피워도, 남 보기에 그럴싸한 학벌과 직업, 사회적 지위만 가지면 괜찮은 것일까?

쉽사리 잠이 오지 않았다. 병식이를 제외하고 누군가의 집에서 잠이 들기는 처음이었으니까.

"권차호, 사실 나…… 난 말이야, 경찰공무원 준비하고 있어."

뭔가 앞뒤가 맞지 않는 얘기였다. 서울대 가는 머리라면 애당초 경찰대로 진학해서 고위 경찰이 되어 있어야 하지 않나? 공기 중에 칙칙하고 비릿한 냄새가 섞여 있었다. 하록 선생은 곰팡이 때문이라고 했다.

잠들기 전, 하록 선생은 경찰이 된 자신의 모습에 대해 이런저런 감상을 주저리주저리 늘어놓았다. 남의 꿈 따위는 듣고 싶지 않은 밤이었다. 비가 오는 소리는 지하방에 더 큰 무게로 쏟아져 내리는 것 같았다.

"아침에 일어났는데, 익사체로 발견되는 건 아니겠죠?"

"집 나온 녀석이 그런 것도 걱정하냐?"

"그냥 하루만 나왔지, 죽어서 시체로 돌아가겠다는 건 아니니까요."

"권차호, 네 말을 들으면 자꾸 사는 것에 용기가 생기려고 한다."

"인내심을 갖고 살아 봐요. 나도 그러려고 하니까. 우리 가족이 언제까지 이 모양일까 궁금해서 난 끝까지 살아 볼 거예요."

금세 잠들었는지 하록 선생의 코 고는 소리가 요란했다. 줄넘기 선생의 고단한 삶이란 코 고는 소리와 비례하는 모양이었다.

쉽사리 잠들지 못한 나는 자리에서 일어나 낡은 책상과 옆 벽면에 빼곡히 붙여 놓은 메모를 살펴보았다. 핸드폰 액정 불빛을 비춰 가며 나는 이 거대한 동굴 속, 비밀스럽고 진귀한 종류석이라도 발견할 기세로 메모를 훑어 나갔다. 메모 조각들은 하록의 역사였다. 그가 암기하지 못한 경찰공무원 시험 이론과 지금의 심리 상태, 지출 내역, 그리고 그가 우리에게 가르치는 줄넘기 기술 사이에서 내가 발견한 것은 하록 선생이 서울대 출신이 아니라는 사실이었다.

"그 줄 놔요!"

그 손 놔요도 아니고 줄을 놓으라니! 나병식의 엄마를 비롯한 학부모들이 하록 선생을 에워쌌다. 하록 선생이 제 손에서 줄넘기 줄을 놓기도 전에 누군가에게 줄을 빼앗기고 말았다. 하록 선생의 죄명은 '서울대 출신도 아닌 것이 어디 감히 줄넘기 줄을 넘겼는가' 정도로 요약될 수 있겠다. 영문을 모르는 아이들 몇은 황당해하거나 재미있는 이벤트 정도로 생각하며 구경했다.

그날 밤, 그가 지방대를 졸업한 사실을 발견하지 못했더라면 이런 난리는 없었을 것인가. 병식이한테 하록 선생의 비밀을 알릴 생각은 없었다. 녀석이 과외 선생을 바꿔야겠다는 소리만 안 했어도 말이다.

"권차호, 오해야. 박창기가 그만둔다기에 네 말대로 줄넘기가 취직할 때까지만 하자고 말하다가 그만……."

"시끄러워. 이 꼴을 봐. 이미 끝났어."

잠들기 전, 어둠 속에서 하록 선생이 읊조리듯 흘렸던 말이 내 팔과 다리를 옭아맸다.

'줄을 넘을 때마다 내 삶의 한 고비를 넘고 있구나 생각해. 죽음도 불사할 수 있는 고비 말이야.'

하록에게 악다구니를 퍼붓는 학부모들에게 하록을 아느냐, 그가 넘는 줄의 무게를 짐작이나 할 수 있느냐, 따지고 싶은 마음이었다. 제 몸 하나 겨우 누일 수 있는 캄캄한 지하방, 이루지 못한 꿈들이 포스트잇 조각으로 나열된 벽, 그 꿈의 경계에 다다르기 위해 살아야 한다는 증거가 되는 줄넘기, 줄을 넘기 위해 경력도, 학력도 속일 수밖에 없었던 한 남자의 이야기를 당신들은 이해할 수 있냐고 외치고 싶었다.

붉게 일그러진 하록 선생의 얼굴을 보고 있자니, 내가 도대체 무슨 짓을 했는지 똑똑히 알았다. 하록과 눈이 마주쳤다. 나는 이 모든 것이 단순 사고였다고, 내가 의도한 것이 아니었다고 변명해야 할지, 아니면 누가 서울대 출신도 아니면서 과외 시장에 뛰어들라고 했냐며 화내야 할지 알 길이 없었다. 분명한 것은 하록의 눈빛이 엉망으로 흔들리고 있다는 사실이었다. 자신이 시범 보였던 줄이 꼬이고 흔들릴 때도 결코 흔들리지 않았던 눈빛이었다.

하록 선생의 줄넘기가 흙바닥에 나뒹굴었다. 그는 가만히 서서 엄마들의 삿대질과 모욕적인 언사를 고스란히 뒤집어썼다. 감정이란 것 자체를 느낄 수 없는 사람처럼 그는 먼 하늘에 시선을 두고 있었다.

"그만 좀 하세요! 서울대에 줄넘기 학과가 있는 것도 아닌데 아무나 가르치면 어때서요? 선생님도 먹고살려고 그러는 거잖아요. 꿈을 이루기 전까지는 먹고살아야 하잖아요!"

아줌마들의 악다구니에 지친 내가 미쳤나 보다. 그러나 내 말의 파장은 엉뚱한 곳으로 흘러들었다. 식물처럼 가만히 서 있던 하록 선생이 바닥에 떨어진 줄넘기를 집어들었다. 그리고 줄을 넘기 시작했다.

"높이 넘기, 살짝 넘기, 깃털처럼 넘기, 길게 넘기, 힘껏 넘기, 발끝 넘기, 꼬아 두 번 넘기, 빨리 넘기, 이어 넘기, 근심 잊고 넘기……."

하나, 둘, 구령도 아니고 주문같이 이어진 혼잣말에 맞춰 하록 선생은 진기명기를 선보였다. 엄마들의 악다구니가 잦아들었다. 모두 하나같이 벙찐 표정이었다. "어머머, 세상에!" "뭐하는 짓이래?" "돌았어요!" 하는 단말마가 간간이 쏟아졌다.

그는 앞만 보고 줄넘기를 넘었다. 타닥, 타닥, 타닥. 땅을 딛는 발놀림도, 줄을 돌리는 손길도 점점 지쳐 가고 있었다. 하지만 하록 선생은 멈추지 않았다.

"그만해요! 다 갔잖아. 서울대도 아니었으면서 왜 줄은 잡고 난리냐고!"

하록 선생은 멈추지 않았다. 이제 그는 실신할 것처럼 흐느적거렸다. 그래도 줄을 넘는 발놀림만은, 줄을 넘기는 손놀림만은 멈추지 않았다.

줄넘기 줄을 쥔 손마디가 하얗게 변할 정도로 자신의 감정을 막아 내고 있었다. 그것이 분노인지, 서글픔인지 나는 알지 못했다.

"그러기에 왜 뺑쳐요? 자격도 안 되면서 줄넘기는 왜 가르쳐요? 아마 평생 취준생으로 살다 죽을걸요?"

병식이 그만하라는 듯 내 손을 잡아끌었다. 나는 병식이 있었는지 의식하지 못했다. 하록 선생은 미동도 없었다. 나는 혼잣말하듯 툭 내뱉었다.

"비밀은 아니, 약점은 절대 들키지 않아야 하는 거예요."

적어도 이 세상에서 끝까지 살고 싶다면 그래야 하지 않을까. 또각! 하록 선생이 애지중지하는 사탕 통 뚜껑이 열리는 소리였다. 그가 살려는, 살고자 하는 의지를 담은 소리였다.

오늘 하록 선생은 그 어느 날보다 더 많은 줄을 뛰어넘었다.

"권차호, 그건 들킨 게 아니야. 그건 내가 마음을 보여 준 거야. 너에게 마음을 열고 말을 건넨 거다."

병신같이……. 자꾸만 눈이 아려 왔다. 나는 아무 말없이 그의 곁에 나란히 섰다. 그동안 아무리 연습해도 되지 않았던 십자 뛰기를 시도했다. 턱밑까지 차오르는 숨소리만이 우리 두 사람 사이에 맴돌았다. 두 개의 그림자가 하나로 녹아드는 오후였다.

어디에나 필요 이상으로 남의 일에 참견하는 사람들이 존재한다. 양복 차림의 중년 사내가 여자애와 나를 번갈아 보며 알은체를 했다.

"개교기념일인가? 여자 친구랑 놀러 가는 거냐?"

언제 봤다고 반말이십니까, 하고 반문하고 싶었지만 개교기념일이 아닌 관계로 침묵하기로 했다. 남자의 등장이 반갑지 않았는지 여자애의 미간에 살짝 주름이 생겼다. 입도 뻥끗 안 할 줄 알았는데 여자애가 쌀쌀맞게 대꾸했다.

"아저씨, 애 오늘 처음 봐요. 그러니까 그냥 자리로 가 주시면 안 될까요?"

그러자 사내에게 오기가 생겼는지 잔소리가 길어졌다.

"학생들이 말이야, 평일인데 이 시간에 학교도 안 가고 말이야……."

"그래서요?"

가늘지만 또랑또랑하고 단단한 목소리였다. 아무래도 돌아가는 분위기가 심상치 않았다. 기차는 이제 대전을 지나고 있었다. 부산까지 조용히 가고 싶었다. 통로를 사이에 두고 몇몇 승객이 우리 쪽을 흘끔거렸다.

"어허! 어른한테 그래서요라니? 다 학생이 걱정돼서 하는 소린데."

도통 눈치가 미비한 자였다. 나는 구원의 메신저가 되기로 작정했다.

"그러게 말입니다, 그런데요 아저씨."

툭 튀어나온 내 말에 중년 사내의 송충이 같은 눈썹이 심상치 않게 휘어졌다.

"아저씨 자리로 가세요."

"뭐야? 너, 이 녀석! 어른한테 뭐라고 했어? 네가 이 자리 전세 냈냐?"

나는 대꾸하지 않고 여자애에게 불쑥 손을 내밀었다. 우리는 마치 개 그 콤비처럼 손발이 척척 맞았다. 여자애가 내 손바닥 위에 기차표 네 장을 올려놨다.

"여기 이 자리, 얘가 전세 냈어요."

기차표가 상징하는 것은 '봤냐? 여기 다 내 구역이다. 그러니까 잔말 말고 꺼져라'쯤 되려나. 사내는 "허 참!" 콧소리를 내면서 머쓱한 표정을 지었다. 그러나 정작 자리를 먼저 뜬 것은 여자애였다. 손에 쥐고만 있던 핸드폰이 울리자, 통로 밖으로 나가 버렸다.

당당하게 앉아 있기는 했지만 표를 가진 애가 자리를 한참 비우자, 앉아 있는 자리가 가시방석이었다. 주인 없는 집에 객식구가 죽치고 앉아 있는 기분이랄까.

'하, 권차호. 왜 이러는 거냐? 똥이나 싸러 가자.'

볼일을 보고 화장실 밖으로 나가려는데 익숙한 목소리가 들렸다. 그 애였다. 그냥 나갔으면 될 것을, 주춤거리다가 엿듣는 꼴이 되고 말았다.

"……전화 왜 했어?"

좌변기에 앉아서 이러지도 저러지도 못하고 있는 사이, '부산'이라는 단어가 들렸다. 문틈 사이로 보이는 그 애의 뒷모습이 이상하리만큼 위태로워 보였다.

"꽃님이를 찾는 사람이 있어. 돈을 달래, 사진을 가지고 있다고. 여기서 끝내지 못하면 평생 질질 끌려다닐 거야. 그럼 난…… 끝이야."

끝을 이야기하는 여자애의 표정이 어떨지 갑자기 궁금해졌다. 분위기나 그 입에서 흘러나오는 단어로 유추해 볼 때 평범한 상황이 아니라는 것쯤은 짐작할 수 있었다. 그렇다고 내가 할 수 있는 일은 세상 어디에도 없었다. 줄넘기에게 내가 해 줄 일이 없었던 것처럼.

단호하면서 떨림이 느껴지는 여자애의 목소리가 들렸다.

"이걸 끝낼지, 내가 끝날지…… 이제 알 수 있겠지."

전화를 본의 아니게 엿들었다는 묘한 자책감 때문에 냄새나는 화장실에서 어느 정도 시간을 보냈다. 문을 열고 나왔을 때 당연히 자리로 가 있을 거라고 믿었던 여자애랑 딱 마주쳤다. 너 나 할 것 없이, 똑같이 당황했다. 자연스럽게 대화가 시작되었다.

"더……러운 소문?"

소문에도 위생 관념이 적용된다는 사실을 오늘 처음 알았다. 나는 여자애가 말한 사이트를 살폈다.

방랑자, 십 대 애들 사이에서 유명한 카페였다. '방황 말고, 명랑하게! 자유롭게!'란 뜻을 가지고 있는 청소년 대상의 인터넷 카페였다. 서로 고민 상담하고 격려하며 괜찮은 평을 받는 곳이었다. 하지만 익명의 공간이 늘 순기능만 할 수는 없는 법이었다.

여자애가 보여 준 글은 어처구니가 없었다. 비방과 욕설이 난무했다. 어느 소설도, 드라마도, 영화도 이보다 다채로울 수는 없을 듯싶었다. 무슨 연예인 지망생 여자애가 과거에 일진 비슷한 거였다는 글이었다. 은따에, 원조 교제에, 퇴학 위기까지. 온갖 괴소문의 주인공으로 그려져 있었다. 굳이 색안경을 쓰고 본다면 질색할 수 있지만 난 타인의 개인사에 별 관심이 없는 편이다. 더군다나 인터넷에서 떠드는 소리는 믿지 않는 편이었다. 내 눈과 귀로 직접 보고 듣지 않는 이상, 세상에 믿을 만한 것은 없다는 것이 내 삶의 유일한 논리였다.

"어때?"

여자애가 물었다. 입술을 잘근잘근 씹는 모습이 안쓰럽기보다는 깜찍해 보였다. 나는 갑자기 노심초사하는 이 애에게 장난을 치고 싶어졌다.

"그래서 넌 얼마면 돼? 원조 교제도 한다며?"

"뭐?"

파르르 떠는 모습이 우스웠다. 농담으로 던지는 말에도 온몸을 떠는 아이가 소문의 주인공일 리가 없었다.

"흠, 이런 소문 다 믿을 수 있나?"

"무슨 뜻이야?"

얼굴이 빨개진 여자애가 물었다. 분한 것 같기도 했고 슬퍼 보이기도 했다. 나는 어깨를 가볍게 으쓱해 보이며 말했다.

"이걸 본 사람 마음 아냐? 믿든지, 말든지. 사실이 아니래도 믿고 싶은 사람들은 믿을 것이고, 사실이라도 믿지 않을 사람은 안 믿는 거고. 그러니까 이런 온라인에서 떠드는 소리에 휘둘릴 필요 없단 소리야."

나란 녀석이 이렇게 명언을 남길 수 있는 존재였다니 스스로도 놀랄 지경이었다.

"너는…… 만약에 과거가 널 쫓아오면 어떻게 할 거야?"

확실히 여자란 존재는 나한테 어려웠다.

"과거에 발목 잡히면 다른 발로 뻥 차 버리고 앞으로 나가. 그럼 돼."

그 애는 내 두뇌로는 해석 불가능한 얼굴이 되어 버렸다. 한때 하록 선생도 저런 얼굴을 했었다. 내 역량으로는 도저히 해독 불가능이었다. 하지만 나는 함부로 포기하고 싶지 않았다. 나는 내 속내를 찬찬히 꺼냈다.

"기다려 줄 거야, 똑똑히 마주 보고 설 수 있게. 쫓아온다는 것은 분명히 내가 놓친 무언가가 있기 마련일 테니까. 과거 역시 나의 일부잖아. 난…… 아마도 내 스스로를 외면할 수 없을 거야. 상처든, 그 무엇이든."

차창 밖으로 넓은 들판과 저 멀리 숲이 보였다. 그러다가 사방이 암흑이다. 터널로 들어서자, 유리창에 우리 둘의 얼굴이 또렷하게 비쳤다.

나는 여자애의 얼굴을 주시했다. 작고 귀여운 얼굴, 동그랗고 까만 동공에 내 얼굴이 맺혔다. 그리고 연이어 들려오는 또렷한 음색이 가슴을 파고들었다.

"난 정지아야."

부산역에 다다르고 있음을 알리는 기내 방송이 나왔다. '부산'이라는 단어를 듣는 순간 심장 박동수가 빠르게 올라갔다. 태어나서 처음 발을 내딛는 도시였다. 줄넘기 선생이 있는 곳이었다. 눈을 감은 하록이 있는 도시. 늦었지만 알고 싶었다. 그가 남긴 마지막 물건에 남아 있는 내 별명, 주댕이를 적으면서 그는 무슨 생각을 했을까. 나는 아무래도 좋았다. 하록 선생이 밟았을 땅을, 이 도시를 걸어 볼 것이다. 걸으면서 그에게 말을 걸어 볼 생각이었다.

기차가 부산역 안으로 들어섰다. 도착을 알리는 안내 방송이 흘러나오고 나는 자리에서 일어났다. 나는 살짝 정지아의 낡은 운동화 끝을 툭 쳤다. 미동조차 않는다.

"야아, 안 일어나냐? 부산이야."

문제의 카페 글들을 보여 준 후, 지아는 그냥 죽은 사람처럼 눈을 감았다. 지아는 꼼짝도 하지 않았다. 기차 안 대다수의 사람들이 부산역에서 내렸다. 그 애의 무릎에는 여전히 핸드폰을 쥔 손이 가지런히 얹혀 있었다. 조용히, 그리고 가만히 움직이는 것은 숨을 쉬는 그 애의 작은 가슴뿐이었다. 줄넘기 시범을 보이고 가쁜 숨을 몰아쉬던 하록 선생의 모습이 아련했다.

"나한테 자기 속내를 보여 줬던 사람들은 늘 열심히 살더라."

지아의 하얗고 동그란 무릎이 찢어진 청바지 사이로 언뜻 비쳤다. 이토록 단정한 무릎을 가진 애라면 그 어떤 소문에도 흔들리지 않고 잘 걸어갈 수 있지 않을까. 화장실에서 내가 마지막으로 들었던 말, '칼을 가져왔어.' 아마도 내가 잘못 들었으리라.

"잘 가라, 네 목적지가 어디든."

나는 뒤를 돌아보지 않았다. 한달음에 플랫폼을 향해 달려 나갔다. 나도 모르는 사이 나의 달음질은 줄넘기할 때와 닮아 있었다.

"높이 넘기, 살짝 넘기, 깃털처럼 넘기, 길게 넘기, 힘껏 넘기, 발끝 넘기, 꼬아 두 번 넘기, 빨리 넘기, 이어 넘기, 근심 잊고 넘기……."

부산이다.

소율

늘 그렇듯 아침 여섯 시 반에 눈이 떠졌다. 얼굴을 문질러 눈곱을 떼고, 손으로 머리카락을 빗어 누르고, 구겨진 잠옷을 펴고 거실로 나갔다. 거실은 이미 남향 베란다 창에서 쏟아지는 햇살로 뜨끈하게 덥혀져 있었다. 새아버지는 덥지도 않은지 긴팔 운동복 차림으로 소파에 앉아 신문을 읽고 있었다.

"안녕히 주무셨어요."

"소율이 일찍 일어났구나, 주말인데 더 자지 왜."

대답은 웃음으로. 이 집에 온 뒤로 한 번도 늦잠을 자 본 일이 없다.

엄마는 이미 부엌에 나와 있었다. 뭐가 잔뜩 끓고 있어서 부엌은 더 후덥지근했다. 나를 보고서도 엄마는 분주한 손놀림을 멈추지 않았다. 이마에 땀이 송송 난 게 보였다. 새아버지는 에어컨을 싫어하고 그걸 알게 된 이후로, 엄마나 내가 새아버지가 있을 때 에어컨을 켜는 일은 없다.

"소율이 잘 잤니?"

엄마는 서울 오자마자 사투리를 고쳤다. 나랑 둘이 있을 때나 할머니랑 통화할 때만 부산 억양이 나온다. 순식간에 두 세계를 오가는 것은 나도 마찬가지이다.

세수만 하고 엄마 옆에 서서 주스 만들 사과와 당근을 씻어 잘랐다. 평일에는 학교 갈 준비에 바쁘지만 주말은 엄마가 아침 준비하는 걸 돕는다. 부산선 엄마가 새벽같이 가게에 나갔으니 할머니가 아침을 해 줬다. 갓 지은 밥과 국, 익숙해 지겨워진 반찬들. 여기선 빵을 먹는다. 엄마가 직접 구운 빵과 수프. 매일 다르게 요리되는 달걀과 샐러드, 그리고 과일 주스.

"이건 뭔데?"

처음 보는 채소를 손끝으로 툭 건드렸다.

"어, 아스파라거스. 언니가 좋아하는 거래."

요즘 아침 식탁은 더 풍성하다. 지난주에 언니가 한국에 왔기 때문이다.

나의 새, 언니. 새아버지의 딸. 나보다 열한 살이 많고, 중학교 때 미국으로 유학을 가서 죽 거기서 살고 있다. 언니는 결혼식에도 오지 않았기 때문에 한 '가족'이 된 후 처음 얼굴을 보았다. 새아버지와는 닮지 않았다. 그래서 자연히, 이 집에 있었을 한 사람을 생각나게 한다. 언니의 엄마. 새아버지의 원래, 진짜 부인.

식사 준비가 끝나고 새아버지가 식탁 앞에 앉을 때까지도 언니는 일어나지 않았다.

"시연이는 오늘도 늦잠인가? 깨워야겠어요."

새아버지는 엄마에게 말할 때 존댓말과 반말을 섞어서 한다. 엄마 아빠가 야, 너, 하면서 욕을 섞어 대화하는 것에 익숙한 나로서는 문화 충격이었다. 지금도 들을 때마다 살짝 소름이 돋는다.

"조금 더 재우는 게 좋겠어요. 아직 시차 적응이 안 된 것 같은데."

부드럽게 말하는 건 엄마도 마찬가지이다. 등까지 오소소 소름이 돋아서 무릎에 얌전히 놓은 두 손을 꼭 쥐었다.

"한국 온 지 일주일이 지났는데 시차 적응은 무슨. 게을러서 그래요. 소율이는 이렇게 부지런한데."

"밤에 늦게 자는 것 같더라고요. 거기 친구들이랑 시간 맞추려면 그렇겠죠. 천천히 깨우세요."

엄마의 말에 새아버지는 큼, 소리를 내더니 컵을 들어 사과 당근 주스를 마셨다. 소율이가 만든 거니? 맛있구나, 하는 칭찬도 잊지 않는다. 내가 사과와 당근에 뭔가 특별한 걸 섞기라도 한 것처럼. 솔직히 난, 새아버지가 진심으로 저런 말을 하는 건지 궁금하다.

언니는 우리가 식사를 다 마친 뒤에야 일어났다. 늘어지게 하품을 하며 소파에 털썩 주저앉아 기대 눕는 모습이 아주 편해 보였다.

"일어나자마자 텔레비전이냐."

새아버지가 못마땅한 어조로 말했다.

"세상 돌아가는 건 알아야죠."

언니는 채널을 돌리며 말하곤, 손을 뻗어 에어컨 리모컨을 잡았다. 윙 소리와 함께 에어컨이 돌아가고 곧 냉기가 거실을 채웠다. 새아버지는 별말 없이 안방으로 들어갔다. 역시, 언니에게는 다 허용되는 것이다.

"저기, 주스 드세요."

언니 몫으로 만들어 둔 사과 당근 주스를 들고 언니한테 갔다. 나무 트레이에 린넨 컵받침까지 깔았다.

"어? 어, 고마워. 근데 나 당근 못 먹는데."

"아, 그럼 다른 걸로 만들어 드릴게요. 당근 빼고 사과만."

"됐어. 아침에 찬 거 먹으면 배가 아프더라고."

언니는 하품을 하며 말했다. 얼굴이 화끈거렸다. 네, 모기만 한 소리로 대답하고 뒤돌아섰다. 정말 당근이 싫은가? 아니면 내가 싫은가? 언니 먹을 아침을 다시 차리는 엄마 뒤에서, 주스를 싱크대에 부었다.

"빨리 먹고 준비해라. 오늘 주나 결혼식이잖아. 열두 시니까 열한 시 반까지는 가야지."

정장으로 갈아입고 나온 새아버지가 아스파라거스를 씹고 있는 언니에게 말했다.

"아, 맞다. 주나 진짜 결혼 빨리 하네. 걔가 나보다 두 살 어린가. 그런데 결혼식은 다 같이 가요?"

무슨 뜻으로 저렇게 물은 걸까? 나랑 엄마랑 가는지 확인하려고?

"같이 가야지, 가족인데."

새아버지가 단호하게 말했다. 엄마는 웃고 있지만 눈은 내리깔고 있다. 나도 모르게 말이 튀어나왔다.

"저기, 근데 저는 오늘 친구 만나서 수행평가 숙제해야 할 것 같은데요……"

엄마가 눈을 동그랗게 떴다.

"무슨 수행평가?"

"어, 여름방학 전에 방학 계획 세워서 내는 건데, 같이하는 애들이 오늘 점심때밖에 안 된다고 해서……."

마치 준비된 것처럼 거짓말이 술술 나온다.

"다 같이 가면 좋겠는데."

새아버지는 서운한 표정이고, 엄마는 읽을 수 없는 복잡한 표정, 그리고 언니는 아무런 감정도 드러내지 않고 빵을 찢어 입에 넣었다.

죄송하다고 거듭 사과하곤 슬그머니 내 방으로 들어왔다.

"니, 진짜가?"

방에 따라 들어온 엄마가 물었다.

"뭐."

"옷 사 논 거는……."

엄마가 말끝을 흐렸다. 옷장 앞에 걸어 둔, 정장 느낌의 원피스를 봤다. 결혼식 가면 새아버지 쪽 친척들은 다 올 테니 단정하게 보여야 한다고, 지난주에 사 놓았던 옷이었다.

"아버지 섭섭하시겠다."

순간 헷갈렸다. 내가 잘못한 건가? 내가 안 가는 게 모두에게 좋을 거라고 생각한 건데. 어색하게 인사 주고받을 일도, 표정 관리할 일도 없이. 엄마도, 엄마 자신만 신경 쓰면 되지 않나. 사실은 옷 살 때부터 그런 생각을 했었다.

아니, 사실은 처음부터 죽도록 가기 싫었다. 언니의 물음에 기다렸다는 듯 발을 뺀 건 정말로 그런 핑계거리를 기다렸기 때문이었다.

"엄마나 잘 갔다 와라. 들어올 때 문자나 하고. 언제쯤 도착하는지."

똑똑, 문을 두드리는 소리가 났다. 살짝 문이 열리고 언니가 보였다.

"아버지가 잠깐 얘기하자고 하세요."

"응, 그래, 고마워."

엄마는 나와 말할 때와는 전혀 다른 서울 말투로 대답하고는 방을 빠져나갔다. 엉거주춤하게 침대에 앉아 언니를 올려다보았다.

"잠깐 들어가도 돼?"

언니가 물었다. 네, 대답하고는 벌떡 일어났다. 언니가 내 방에 들어온 건 처음이었다.

"같이, 가도 되는데."

언니가 눈썹을 긁적이며 말했다. 어려웠다. 새아버지는 어떤 사람인지 단번에 파악했는데, 그래서 맞추기 쉬웠는데 언니는 그게 안 되었다. 뭘 해도 내가 다 들여다보이는 기분이었다.

"아니요, 저 친구랑 만나기로 해서……."

"그래, 그럼."

언니는 망설임 없이 대꾸하고 나갔다. 문득, 작은 알갱이 같은 것이 목 안에 느껴졌다. 생선 가시처럼 따끔거리는 것이. 그 정도쯤이야 무시하고 삼켜도 된다. 목에 걸려 상처를 내고 피 맛이 올라오는 건 아무렇지도 않으니까.

언니는 옷 다 입고도 또 텔레비전 삼매경이었다. 엄마는 그런 언니 옆에 앉아 뭐라고 말을 걸 기회를 노리고 있었다.

"어머, 저 광고야. 그 소율이 친구 나오는 거!"

엄마가 흥분한 어조로 텔레비전 화면을 가리켰다.

하필이면. 얼굴이 일그러진다. 정신 차려, 웃어. 내 '친구'가 텔레비전에 나오고 있잖아. 꽤 유명한 남자 아이돌 그룹이 선전하는 주스 광고였다. 파스텔 톤의 세트에서 연분홍과 연노랑 원피스를 입은 예쁘장한 여자애들이 저마다 귀여운 포즈로 자세를 잡고 있다가, 남자 아이돌들이 그 앞을 지나가면 놀란 표정으로 하나씩 빙글 돌며 쓰러진다.

그중 하나. 귀여운 인상의 여자아이.

'예쁘지는 않은데⋯⋯.' 그 애를 처음 보는 사람들의 동일한 감상. '그런데 왜 눈에 띄지?'

자연스럽다. 밝다. 명랑하면서도 수줍다. 눈길을 끈다. 카메라도 그것을 아는지, 여자애들 중에서는 유일하게 그 애를 원샷으로 잡는다. 완벽하게 세팅된 머리와 티끌 한 점 없는 메이크업. 저게 정말 정지아가 맞나?

"쟤가, 원래 여기 십이층 살았었거든. 소율이랑 중이, 중삼 계속 같은 반이었고."

"호, 그래요? 신기하네요. 아이돌 같은 건가?"

언니가 흥미를 보이자 엄마는 사투리 억양이 나오는 것도 모르고 얘기에 열심이었다.

"그, 연예인 되려고 준비하는 거 있잖아, 연습생이라고 하던데? 소율아, 요즘 지아 어떻대?"

"바쁘지, 뭐."

아는 것처럼 대답했다. 연락을 안 한 지가 일 년인데. 번호조차 없다. 정지아가 내 옆에 있었던 시간은, 길바닥에 떨어뜨린 아이스크림처럼 녹아 버렸다. 끈적거리는 흔적만 남아 기분이 더러워질 뿐이다.

언니가 더 물어보면 무슨 말을 지어내야 할까. 하지만 언니는 하품을 하며 채널을 돌렸다.

세 사람이 나가고, 누군가 두고 간 물건을 가지러 돌아오지 않으리라는 확신이 들 만큼 시간이 지난 후에, 나는 언니가 했던 것처럼 소파에 누웠다. 에어컨과 텔레비전을 켜고, 핸드폰을 꺼내 들었다.

부산 친구들 단톡방에는 여름방학 계획들이 빼곡하게 올라와 있었다. 누구네 집에서 하루 자고, 어디 바닷가에서 놀고, 무슨 영화를 보고.

나를 빼놓은 것은 아니다.

이소룡도 같이 가자!

픽, 웃음이 나왔다. 초등학교 때부터의 별명이다. 이소율이라서 이소룡. 부산 친구들은 아직도 내가 김소율이 되었다는 걸 모른다. 엄마랑 서울로 이사 간 줄만 안다.

그런데, 애들이 정말로 모를까?

내가 떠난 뒤 소문이 돌았을 것이다. 당연하다. 내가 말하지 않았으니 모른 척해 줬을 뿐이지 알고 있을 것이다. 그 아이들이 학교와 운동 장과 학원에서 나에 대해 이야기하는 것을 상상했다.

이제 와선 그다지 중요할 것도 없는데. 말해 버려도 되는데. 그러나 이제 와선, 누구도 그다지 궁금해하지 않을 것이다. 나와 그 애들 사이 의 연결 고리는 이미 흐릿해져 손짓 한 번에 흩어질 연기 같다. 그 애들 의 잘못이 아니다. 거기 없는 건, 떠나온 것은 나니까.

누구도 두 개의 삶을 살 순 없다. 그러니 나는 지금 여기서 잘 살아 야 한다.

그때 핸드폰이 진동했다.

⊠ 밥 먹었니. 오늘도 좋은 하루 보내라.

말투가 왜 이래, 아빠 안 같고 새아버지같이.

같이 온 사진은 파란 바다. 옆에 슬쩍 걸리는 영도다리와 아래쪽에 반쯤 나온 배들을 보니 어디서 찍었는지 딱 알겠다. 아빠의 동선이 그려 진다. 경찰서 점심 배달 갔다가 돌아오는 길에 찍은 사진일 것이다.

예전엔 내가 전화를 해도 안 받고 문자를 보내면 며칠 있다가 답이 왔다. 하지만 서울 온 뒤로는 일주일에 한 번은 꼬박꼬박 문자가 온다.

엄마 재혼 상대에게 딸이 있다는 말에, 아빠는 한걸음에 집까지 찾아 왔다. 한 달에 한 번 나를 만나기로 한 약속도 못 지켜서 쩔쩔매던 사람 답지 않은 재빠른 행동이었다.

"어디 아를 데리고 재혼을 하노! 그 집 가면 천덕꾸러기 될 게 뻔하다! 소율이는 내한테 보내라!"

"어차피 그 집 딸내미는 나이도 많고 유학 가 있다 아이가! 니가 무슨 수로 애를 키우노, 생각 좀 하고 말해라!"

한 톤 더 높은 목소리로 엄마가 말했다. 아빠는 꼬리를 내렸다.

"장모님이 도와주시면 된다 아이가……."

"누구한테 장모님이라 하노? 지금까지 니가 한 꼬라지를 돌아봐라. 니가 도움이 될 거라고 생각하나?"

나 또한 아빠와 살 생각은 조금도 없었다.

나는 초등학교 들어갈 때까지도 아빠가 영도경찰서 형사인 줄 알았다. 엄마, 아빠 잠복근무하느라 못 들어온대, 하고 순진하게 아빠의 말을 옮겼을 때 엄마는 코웃음을 쳤다.

"형사 좋아하고 있네. 서당 개 삼 년이면 풍월을 읊는다고 하더니, 하도 경찰서를 들락거리더니 지가 형사인 줄 착각하나."

아빠는 영도경찰서 앞에서 할머니 때부터 하던 국밥집을 하고 있다. 처음엔 그 근방에서 제일 컸다는데, 아빠가 조금씩 말아먹어 지금은 코딱지만 한 수준이다.

내가 여덟 살 때 이혼하기 전까지는 엄마도 같이 일했는데, 엄마 말에 따르자면 아빠는 가게에 붙어 있은 적이 없었단다. 술 마시느라고, 노름하느라고, 빚쟁이 피해 다니느라고, 아빠 돈을 가지고 사라졌다는 친구 찾으러 전국 방방곡곡을 돌아다니느라고.

아빠는 답이 없다. 하지만 엄마가 성까지 바꾸자고 했을 때는 당연히 싫었다. 이소율로 십오 년을 살았는데 갑자기 김소율이 되어야 한다니.

싫다고, 그럴 바에야 아빠와 살 거라고 난리를 치는 날 붙들고 이모가 말했다.

"너도 다 컸으니까 알아들어라. 네가 그 집 호적에 올라가야 나중에 뭔 일 생겨서 도로 부산 내려와도 엄마가 양육비라도 더 받을 수 있다. 올려 준다고 할 때 말 들어라. 이도 저도 아니게 하지 말고."

그 말에 결국 고집을 버렸다. 아빠가 서운해할지도 모른다는 생각은 조금만 했다. 어차피 다 아빠 탓이니까. 엄마와 헤어진 것도, 양육비 챙겨 주기는커녕 빚 갚기에 벅차서 내가 돈 걱정하게 만든 것도 다 아빠 였으니까.

천천히 답장을 썼다.

⊠ 잘 있어. 아빠도 밥 잘 먹고, 잘 지내.

보낸 문자도, 받은 문자도 지운다. 과거의 흔적은 언제나 현재를 오염 시킨다. 깨끗이 닦아 내야 한다.

소파에 비스듬히 누워 어제 사 놓은 감자칩을 먹으며 텔레비전을 보 는데, 또 그 광고가 나왔다. 정지아는 다시 활짝 웃고, 나는 기름기 묻은 손을 리모컨에 올려놓은 채 화면을 보았다.

정지아는 정말로 탈출하고 있다. 자기가 말했던 대로, 아무도 믿지 않 았던 꿈을 이뤄 가고 있다.

손가락이 저절로 핸드폰 검색창에 정지아를 쳤다.

주르륵 글이 뜬다. 제일 위는 어느 연예 커뮤니티의 설문 조사 결과 글이었다. '데뷔가 기대되는 연습생', 그중 3위가 정지아. 글에서는 정지아를 이렇게 설명하고 있었다.

— RH미디어 연습생 2년 차. 작년 연말 Qnet 시상식 세타나인 특별 무대에서 백댄서로 설 때만 해도 듣보잡이었지만, 올 3월에 연습생 서바이벌 리얼리티에 출연하며 주목받기 시작했다. 미인형은 아니지만 귀엽고 끼 많고 친근한 이미지로, 데뷔 전부터 차세대 국민 여동생 자리를 예약했다. 세타나인이 메인인 '리얼 자몽 주스' 광고에 출연 중.

그 밑에는 셀카 몇 장과 방송에 나왔던 장면들이 있었다. 정지아가 웃고, 찡그리고, 울고, 노래하고, 춤춘다.

그 글에 달린, 수많은 찬양 댓글들. 정지아 입덕 완료, 정말 귀여움, 데뷔만 해라, 빨리 더 많이 보고 싶다.

정지아가 지난봄에 그 프로그램에 나온다고 했을 때만 해도, 아이들은 모두 비웃었다. 그 정지아? 우리 중학교 나온 걔, 그 찐따? 걔 아직도 연습생 해? 그 회사 진짜 사람이 없나 보다, 무슨 그런 애를 연습생으로 뽑고 그런 데 내보내냐?

하지만 정지아는 잘했다. 노래나 춤을 되게 잘한 건 아니지만, 뭔가를 잘했다. 같이 출연하는 사람들의 귀여움을 받고, 사람들의 관심을 얻고, 검색어에 오르락내리락하고, 팬카페가 생겼다. 정지아, 그 정지아가.

아이들은 믿을 수 없어 했다. 말도 안 돼, 정지아 무슨 빽 있냐? 학교에 가면 늘 정지아 얘기가 나왔다. 엄마가 생각하는 것처럼 신기해하고 놀라워하고 기뻐한 것이 아니다. 역겨워하고 어이없어하고 짜증을 냈다. 정지아의 친구처럼 보였던 애들까지도, 아니 그 애들이 가장 어이없어했다. 저건 진짜 정지아가 아니라고 말했다. 다 꾸며진 거라고, 누가 덧붙여 준 거라고, 그러니까 언젠간 벗겨질 거라고.

아는 아이가, 그것도 자기들 발아래 있다고 생각했던 애가 저렇게 떠오를 때의 자연스러운 반응일까. 아이들은 정지아를 끌어내리지 못해 안달이었다.

그와 상관없이 정지아는 오르고 또 오르고, 이 광고에까지 나왔다. 곧 데뷔할 거라고도 했다.

말라붙은 줄 알았던 상처가 욱신거린다. 축하해 줄 수도 있었다. 기뻐해 줄 수도 있었다. 편들어 주고, 널 위해 거짓말을 해 줄 수도 있었다. 못 하게 만든 건, 바로 너다.

정지아. 다시 검색해 본다. 무수히 많은 기사들, 글들. 아직 데뷔도 하지 않은, 그저 잠깐 주목받기 시작할 뿐인 애에 대한 게 이렇게 많다. 칭찬, 관심, 그리고 철저하게 물어뜯으려는 이빨들.

- 얘 중학교 때 양아치였다던데.

어느 기사에 달린 댓글이었다. 그 댓글에 추천을 눌렀다. 엄지손가락을 치켜든 아이콘이 반짝이고, 나는 알 수 없는 쾌감에 숨을 들이마셨다. 내가 뭐 잘못했어? 맞는 말을 해서 맞다고 한 것뿐이야.

한번 그렇게 보자 그런 댓글들만 눈에 들어왔다. 아이돌 할 얼굴은 아니네. 못생김. 다리 굵어. 얼굴 왜 저렇게 억울하게 생겼냐. 얘가 뭐가 예뻐?

그 댓글들에 추천을 누르고, 또 눌렀다. 집에서 나가야 한다는 것도 잊고, 손가락이 아플 정도로. 추천이 늘어날 때마다 내 안에 뭔가 채워졌다. 그래서 내가 비어 있다는 걸 알게 되었다. 내 속 어딘가 비워져, 말라 비틀어져, 갈라져 있는 곳이 있고, 이걸 누르면서 거기 물 같은 게, 적어도 액체임에 분명한 무엇이 채워지고 있는 기분이었다. 따갑고 무거워진다. 그래도 어쨌든 채워지긴 하는 것이다.

⊠ 우리 이제 들어간다. 어디니?

엄마의 문자가 화면에 떴을 때, 정신을 차렸다. 벌써 시간이 그렇게 되었어? 충혈된 눈. 소파와 리모컨에 묻은 기름진 손가락 자국들, 바닥에 흩어진 감자칩 부스러기들.

정신없이 쓰레기를 치우고, 물티슈로 닦고 옷을 갈아입었다. 에어컨을 끄고, 가방을 챙기고, 핸드폰을 집었다. 화면을 켜자 아까 정지아로 검색한 결과들이 주르륵 떴다. 이젠 정지아라는 글자만 봐도 멀미가 났다. 화면을 끄려는데 눈에 박히는 제목이 있었다. 그냥 넘길 수 없는 제목.

– 정지아의 실체

조회수가 5,000이 넘고 댓글이 100개가 넘었다. 폭발적인 반응이었다. 나는 현관에서 신발을 신다 말고 그 글을 클릭했다.

– 정지아와 중학교 동창인데, 얘 좀 노는 애였음. 지금 와서 귀엽다 그러는 거 보면 토 나옴.

뭘 잘 알고 있다는 듯한 말투였다. 확실한 인증도 있었다. 중학교 졸업 앨범과 학생증. 정지아와 주고받은 문자 캡처. 욕을 섞어 쓴 정지아의 말들. 손에 땀이 났다. 심장이 두근두근 뛰기 시작했다.

– 옷 빌려 가고 안 가져다주고, 반에서 은따인 애 옷에 우유 부은 적도 있음.

이런 글을 썼을 법한 얼굴들이 눈앞에 지나갔다. 박윤주? 신예린? 김주향? 그 글이 백 퍼센트 맞는 것은 아니었다. 정지아가 본다면 억울하다고 항변할 구석도 많았다. 우유를 부은 것은 사실이지만 그건 박윤주가 시킨 일이었다. 하고 싶지 않았다고, 정지아는 내게 말했었다.
댓글들도 뜨거웠다. 거의 대부분이 이 글을 따라 정지아를 깎아내리는 내용이었다.

– 나도 동창임. 우리 동네에선 정지아 얘기하면 다 기막혀함. 어떻게 그런 애가 저렇게 됐냐며.

– 솔직히 일진까진 아닌데, 노는 애들 무리였고 좀 싸 보이는 짓도 많이 했음.

학교에서 정지아를 욕하던 애들이, 이 글에 다 모여든 것 같았다. 나도 뭔가 쓰고 싶었다. 내 안에 채워진 물이 출렁거렸다. 쓸 수 있게 만들었다.

나는 로그인을 하고, 그 카페에 가입까지 했다. 그리고 댓글 쓰기를 눌렀다.

– 꽃님이, 그거 아는 사람 있어?

내 댓글이 올라가자마자 주르륵 말들이 달린다. 꽃님이? 그건 뭔데?

하, 웃음이 나왔다. 너네 모르지? 정지아가 무슨 일까지 했었는지?

그때였다. 띠릭. 현관문이 열리고, 엄마와 새아버지와 언니가 안으로 들어섰다.

"어, 소율아, 집에 있었어?"

"아, 방금, 온 건데⋯⋯."

머리가 핑 돌고 식은땀이 흘렀다. 언니와 눈이 마주쳤다. 다 안다는 듯한 표정. 싫었다.

새아버지는 잘됐다며 가족사진을 찍으러 가자고 했다. 도대체 머릿속에 뭐가 들었기에 저런 생각을 하는 걸까. 가족, 사진이라니. 진짜 엄마 아빠하고도 안 찍어 본 걸, 피 한 방울 안 섞인 남과.

"귀찮은데."

언니가 투덜댔어도 새아버지는 아랑곳하지 않았다.

화목한 가족이 보낼 법한 주말 오후. 함께 결혼식을 가고―비록 막내는 학교 숙제 때문에 함께하지 못했지만―정장을 입고 가족사진을 찍고, 외식을 한다. 그러고는 집에 돌아와 과일을 먹으며 뉴스를 보는 것이다. 단 한순간도 혼자 두지 않고.

여덟 시 뉴스를 볼 때쯤에는 이미 영혼이 다 털린 상태였고, 내 방에 들어가 눕고 싶다는 생각밖에 안 들었다. 죽도록 피곤했다.

"시연이가 하는 게 저런 거지? 그, 논문 쓴다는 거."

엄마가 언니에게 말을 걸었다. 보이스 피싱에 대한 뉴스가 나오고 있었다.

"아…… 관련은 있어요."

엄마가 잘 알지도 못하면서 아는 척, 친한 척하는 게 부끄러웠다. 차라리 아무 말 안 했으면 좋겠다. 하지만 지금은 화목한 가족을 연기할 시간이다.

"어떤 건데요?"

최대한의 착한 미소를 짓고, 정말 궁금하다는 듯이 묻는 게 내게 주어진 역할이다.

"음, 정보 보안 쪽인데. 취약점 분석하고, 프로그램 개발하는 거. 보이스 피싱하는 사람들이 쓰는 패턴도 다루긴 해."

언니는 심드렁하게 대답했다. 별로 말하고 싶어 하지 않는 것 같았다. 엄마는 눈치도 없이 꼬치꼬치 물었다.

"어머, 그, 메일 비밀번호 그런 것도 다 찾아볼 수 있다던데 진짜니?

그, 해킹 같은 거?"

"그렇죠. 비밀번호, 암호 이런 거 믿으시면 안 돼요. 그러니 어디 글 쓰실 때 조심하세요, 다 추적 가능하거든요."

언니의 목소리에 묘한 장난기가 섞였다.

"김시연."

새아버지가 조금 엄한 목소리로 언니의 이름을 불렀다. 언니는 농담이에요, 농담, 하며 웃었다. 내가 물었다.

"그럼, 익명으로 글 써도 누가 썼는지 찾을 수 있어요?"

"물론이지. 익명이라는 게 얼마나 벗기기 쉬운 가면인데. 뭘 덮어씌운 건 다 흔적을 잡아낼 수 있거든. 얼굴을 아예 벗겨 내면 모를까."

"김시연!"

새아버지의 목소리가 좀 더 단호해졌다. 엄마가 수다스럽게 화제를 넘겼다.

"멜론 더 드실래요? 시연이 체리 더 먹을래? 소율아, 가서 물 좀 가져와라."

밤 열 시가 넘어 마침내 혼자 있게 되었을 때 다시 그 글을 찾은 건, 언니의 말에 찔려서만은 아니었다. 댓글을 지울 생각이었다. 내가 심했다. 아무리 정지아가 싫어도 그것까지 말해서는 안 되었다. 하지만 게시판에 들어갔을 때, 그 글은 지워졌는지 없었다. 대신 내가 발견한 건.

"이게 뭐야……."

게시판 한 페이지에서 반이 넘도록, 다 정지아에 대한 글들이었다.

54

"엄마, 나 배가 좀 아픈데."

"왜 또. 어제 먹은 거 좀 안 좋았어? 밤에도 아팠어?"

원래 잘 체하니까 아픈 척이 통한다. 하지만 학교 빠질 만큼은 아닌 걸로 판단을 내렸는지 엄마는 약 챙겨 줄 테니 먹고 가란 소리를 했다.

새아버지가 말했다.

"그럼 시연이가 소율이 좀 학교 데려다 줘라."

"내가요?"

식탁에 앉아 원두커피를 갈던 언니가 돌아봤다. 오늘은 웬일로 일찍 일어났나 했는데 뭐 밝은 기분이겠다.

"아니에요, 저 그냥 혼자 가면 돼요."

아픈 척하던 것도 까먹고 황급히 말했는데, 언니가 자리에서 일어났다.

"잠깐, 나 세수 좀 하고."

지하주차장을 나오자 따가운 햇살이 유리창을 뚫고 눈을 아프게 했다. 언니는 선글라스를 꺼내 썼다. 조수석에 타 본 것은 처음이라 안전벨트부터 모든 게 어색했다. 앞 유리로 너무 많은 것들이 보이고, 나 자신도 그렇게 훤히 들여다보일 것 같았다.

어색함을 견디기 힘들어서 나는 아무 말이나 했다.

"와, 언니 운전 잘하시네요. 언니는 면허 언제 따셨어요?"

"어, 열일곱. 여기 나이로 열여덟 때."

언니는 능숙하게 핸들을 돌리며 내 질문들에 대답했다. 언니, 공부하는 거 어렵지 않으세요? 우아, 대단하다. 내가 쓰는 기술은 간단하다.

상대가 관심 있을 만한 주제를 고르고, 작은 것을 칭찬하고 맞장구를 치면 된다.

"아빠는 부산에서 뭐 하셔?"

훅 질문이 들어왔다. 아빠라니. 우리 공식적으로는 같은 아버지를 가진 거 아니었나요. 왜 내 아빠에 대해 묻는 거죠.

"어…… 음식점 하세요."

"그렇구나. 아빠는 자주 만나니?"

왜 이런 질문을 하지. 이건 무슨 종류의 시험일까.

"아니요, 명절 때만 부산 가는데요, 이번 설에는 못 갔는데, 아빠도 바빠서."

"방학 땐 안 가?"

가란 얘기일까? 자기 불편하니까, 가라고? 대답을 할 수가 없는데, 언니가 불쑥 말했다.

"근데 소율아, 혹시 나 불편하니?"

"네? 아니요, 아니요."

"불편해 보여."

식은땀이 흘렀다. 내가 뭐 실수했나?

"편하게 해. 나 너무 신경 쓰지 말고. 어차피 난 금방 돌아가니까, 너무 잘하려고 애쓰지 마. 굳이 그럴 거 없어."

언니는 바로 교문 앞에 차를 댔다. 원래 교문 앞까지 차로 오면 안 되는데, 그 말도 꺼내지 못했다. 고맙다는 인사를 웅얼거리고 차에서 내리자 아이들의 시선이 쏟아졌다. 선도부가 날 부르는 소리가 날카롭게 귀에 꽂혔다.

"거기 일학년! 차 타고 온 애! 이리 와서 반 번호 대!"

여름방학 직전의 학교는 시끄러웠다. 복도와 교실에서 쨍쨍 울리는 소리들이 머리를 흔들었다. 뱃속 장기들이 꼬이는 느낌이었다. 자리에 앉자마자 책상에 엎드렸는데, 옆 분단 애와 열을 올리며 얘기하고 있던 짝이 내 어깨를 잡아끌었다.

"봤어? 정지아 난리 났던데?"

아이들이 이야기하는 태도에는 묘한 흥분이 뒤섞여 있었다. 이래서 학교 오기 싫었다. 어제 그 게시판에서 그 정도로 난리가 났다면 학교에서도 마찬가지일 거라고 짐작했다. 예상대로였다.

"솔직히 걔랑 같은 중학교 나온 애들은 다 아는 이야기지."

"그 글 아직도 있어?"

"원래 글은 지워졌는데, 온갖 데 다 퍼졌어. 인증도 짱 많고. 다들 벼르고 있었던 거지. 맞다, 김소율 너도 정지아랑 친하지 않았냐?"

확, 시선들이 꽂힌다.

"근데 왜 모른 척하고 다니냐. 무슨 일이라도 있었어?"

무슨 일이 있기를 바라는 저 마음들이 읽힌다. 너도 말해, 네가 아는 것들을 털어놔, 정지아를 욕해!

"별로."

이어폰을 끼고 문제집을 펼친다. 그래도 아이들이 하는 말들이 이어폰 틈 사이로 새어 들어온다.

"걔가 좀 어설픈 날라리였잖아. 노는 애들 무리에 끼려고 심부름하고 다니는. 초등학교 때만 해도 진짜 볼품없었어."

"그, 꼬붕 짓하고 다녔던 거 기억나는데. 맞다, 김소율!"

짝이 내 이어폰을 뺐다. 허락도 없이.

"너 전학 오고 나서 정지아랑 친해지기 전에, 걔네 무리가 너 좀 괴롭히지 않았냐?"

"미쳤어? 뭐하는 거야?"

이어폰을 잡아챘다. 얼빠진 짝의 얼굴. 함부로 손댄 네 잘못이야. 다시 귀를 막는다. 아이들은 다시 이야기한다. 정지아의 이야기를. 내 이야기를. 우리 둘의 이야기를.

"아 돌았나, 왜 지랄이야?"

"관둬, 지 얘기 나오는 게 싫겠지. 좋은 얘기도 아니구먼. 그리고 보면, 김소율하고 정지아 친하게 지낸 것도 아니야, 정지아가 깝치고 김소율이 참고 그런 거지."

"사투리 좀 해 봐."

전학 온 첫 날, 정지아가 말을 걸었을 땐, 나는 이미 각오하고 있었다. 학교는 활과 총알이 오가는 싸움터일 거고, 거기서 나는 손쉬운 표적물일 거라는 거. 얘가 첫 타를 끊는구나, 그렇게 생각했다. 생각 못 했던 것은 정지아도 그 싸움의 표적이었다는 사실이었다.

정지아는 노는 무리들과 함께 다녔지만 그중에선 제일 서열이 낮다. 졸졸 쫓아다니며 시키는 걸 다 하는, 쓰레기 처리반 같은 애. 노는데 필요한 돈이 모자라면 자기 지갑을 털어 채워야 하는 애. 노는 무리들을 겁내는 아이들도 정지아만은 깔봤다.

며칠을 간 보듯 집적대던 정지아는, 어느 날 갑자기 내 옆에 앉았다.

"이따 집에 같이 갈래? 너 나랑 같은 아파트더라."

긴장하고, 의아했다. 이 동네에서는 제일 고급 아파트. 여기 산다고 하자 담임의 표정이 바뀌었고 아이들의 태도가 달라졌다. 쟤는 여기 살면서도 왜 저렇게 찐따같이 굴까.

"우리 집에 가 볼래?"

그 집에 간 순간, 그 애의 방에 들어선 순간, 알았다. 이 애는 나와 같은 종류라는 걸. 그건 방이라고도 할 수 없는, 우리 집에서는 다용도실로 쓰는 구석의 창고였다. 다섯 개의 방은 할머니와 엄마 아빠와 오빠와 남동생, 그리고 드레스룸으로 나뉘어 있었다. 정지아는 옷보다도 못한 존재였다.

정지아는 순진한 태도로 자기 가족 얘기를 했다. 그들이 자신을 어떻게 대하는지. 기분이 나쁘다고 욕하고, 체육복을 잃어버렸다고 발로 차고, 급식비조차 주지 않고.

진짜 가족 맞아? 그렇게 물었다. 그토록 죽자고 싸웠던 우리 엄마 아빠도 나한텐 안 그랬는데.

정지아는 핏줄로는 그 가족이었지만 아무도 그 애에게 관심이 없었다. 수챗구멍 같은 애. 구정물이 흘러들어 가는, 가장 낮은 위치에 있는 애.

다 빚더미래, 언제 여기서 쫓겨날지 몰라, 하고 정지아가 말했다. 죽어

가는 식물은 제일 중요하지 않은 가지와 잎부터 떨어뜨린다. 그게 바로 정지아였다.

내 얘기를 한 것은 보답도, 우정도 아니었다. 그 이야기를 더 듣고 싶지 않아서였다.

"나는 원래 이소율이야. 엄마가 재혼하면서 성을 바꿨어."

아마 나는, 내 상황을 좀 더 과장했던 것 같다. 그 애의 불행에 맞추기 위해. 그리고 그렇게 말하면서, 부풀린 말을 하면서, 나는 내가 정말 그렇다고 믿기도 했다.

어쩔 수 없이 우리는 가까워졌다. 자연스럽게 그렇게 되었다. 중학교 이학년 가을에서 삼학년 여름까지, 정지아가 전학 가기 전까지 우리는 같이 다녔다.

정지아는 원래 자기 무리들이 부르면 그리로 갔다가, 미안한 얼굴로 내게 돌아오곤 했다. 나는 상관없다고 했다. 그건 거의 진짜였다. 내게도 정지아보다 정상적으로 보이는 친구들이 생겼고, 그 애들과 밥을 같이 먹고 체육 시간에 같이 나갔다. 하지만 학교가 끝나면, 학원이 끝나면, 정지아는 꼭 나를 보려고 했다. 우리는 아파트 놀이터 벤치에서 시간을 보냈다. 주로 정지아가 말을 하고 나는 들었다.

정지아는 내게 꿈을 말해 줬다. 내가 들어 주는 걸 기뻐했다. 자기의 꿈을 들은 모두가 욕하고 비웃었는데 나는 그렇지 않다면서. 내가 아무 말 하지 않은 건, 사실은 할 말이 없어서였는데. 너 같은 애가 어떻게 그런 자리까지 가니, 그렇게 말할 수는 없었으니까.

하지만 정지아는 끝내 자기가 원하던 일을 해냈다. 처음 오디션에 합격했을 때, 그 애가 모두에게 그 사실을 비밀로 한 건 그 애답지 않게 치밀한 행동이었다. 나 한 사람에게만 말했다.

"네 덕분이야, 소율이 네가 응원해 줘서."

지아가 날 끌어안고 말했을 때, 등에 소름이 오소소 돋았던 것은 왜일까. 그때, 이미 짐작했던 것일까. 나만 여기 남겨 두고 그 애가 떠나가리란 걸.

"야야, 정지아 비리 총 정리한 거 새로 떴다!"

2교시 쉬는 시간이 되자마자 들려온 소식이었다.

정지아를 끌어내리려 호시탐탐 기회를 노리고 있던 사람들이 이렇게 많았었나?

"몸캠? 정지아 몸캠 했대? 대박!"

누가 머리에 얼음물을 부은 것 같았다. 온몸이 차가워졌다. 손끝 하나 움직일 수 없었다. 난 그냥 별명만 얘기했을 뿐인데, 저런 말은 하지 않았는데, 어떻게, 누가, 뭘 알고 있기에.

"몸캠이 뭔데?"

"거의 뭐 나체 쇼 하는 거지. 개 더러워."

"꽃님이? 그런 이름으로 했다던데?"

두근, 두근, 두근. 심장이 뛰는 소리가 머리를 흔들어 댔다.

"이건 차원이 다르네, 일진 놀이 한 거랑은 비교가 안 된다. 이건 뭐, 연예인 아니더라도 완전 매장 수준 아니야?"

딩-동-. 수업을 알리는 종이 울려도 아이들은 쉬이 진정되지 않았다. 체육 선생이 들어와 출석부로 교탁을 두드리고 난 후에야 겨우 침묵이 찾아왔다. 잔뜩 달궈진, 손 데면 데일 듯한 침묵이었다.

방학을 앞둔 예체능 수업들이 그렇듯 자습이었다. 체육 선생은 교탁 앞에 의자를 끌어 놓고 앉아 꼬박꼬박 졸았고, 책 밑에 핸드폰을 숨긴 아이들은 겉껍질만 교실에 남기고 단어들로 만나 무수히 많은 말들을 쏟아 내고 있었다.

꽃님이. 내가 그 말을 써서, 누군가 알아본 걸까. 아니야, 정지아가 분명 나 말고 다른 사람에게도 그런 얘기를 했을 거야.

오디션을 보기 위해, 프로필 사진을 찍고 춤과 노래를 배우기 위해 돈이 필요하다고 말하는 정지아. 돈을 벌기 위해 일을 해야 한다고 말하는 정지아.

"학교 언니들이 방법을 알려 줬어. 직접 만나지 않아도 돼. 어플에다가 열다섯 살, 여자. 그렇게만 등록하면 챗이 막 와. 그중에서 고르는 거고. 별명으로 하면 되거든. 나는 언니들이 정해 줬어, 꽃님이라고."

정지아는 가족 얘기를 할 때처럼, 이상한 열정을 가지고 자기가 했던 일들을 설명했다. 주고받은 문자와 사진들을 보여 주면서. 역겹고, 두려웠다. 그리고 빠져들었다. 그 애가 헤집고 있는 그 밑바닥에 대해.

내 탓이 아니야. 내가 아니더라도 누군가, 그래 그때 걔랑 사진을 주고받고 영상 채팅을 했던 누군가가 텔레비전에 나오는 지아를 알아봤을 거야. 어차피 밝혀질 일이었다고. 그러게 누가 그런 짓까지 하고는 연예인 하겠다고 나대래?

겨우, 안심할 수 있는 논리를 찾아냈다. 내가 몸캠 얘기까지 한 건 결코 아니니까. 결국 다 흘러나오게 만든 건 그런 짓을 저지른 정지아 자신이다.

"야, 단톡 좀 봐 봐."

짝이 날 툭 쳤다. 아침의 여파로 불퉁한 얼굴이었다. 어차피 친한 애도 아니었다.

반 단톡에는 정지아를 아는 애들이 단체로 글을 쓰자는 제안이 올라와 있었다. 지금 나오고 있는 소문이 진짜라는 걸 밝히자는 거였다.

귀찮다며, 뭘 그렇게까지 하냐는 의견도 있었고, 대답조차 하지 않은 애들이 태반이었지만, 몇 안 되는 아이들은 거침없이 정지아를 몰아세웠다. 언제나 그렇듯 목소리 큰 몇몇이 상황을 지배한다. 뒤에서 욕할지언정 앞에서는 가만히 있는 아이들은 자기도 모르게 동조자의 입장에 서게 된다.

– 지금 정지아 얘기 안 믿고 쉴드 치는 사람들도 많거든? 확실히 인증을 해서 저게 다 맞는 소리라는 걸 밝혀야 한다고. 지금 다른 반에서도 그렇게 한대.

자기들이 무슨 정의의 사도라도 되는 듯이, 저렇게 더러운 정지아가 지금처럼 인정받고 사랑받는 꼴은 곧 죽어도 못 보겠다고 한다. 그러는 너희는? 너희를 털면 뭐가 나올까?

나는 털려 봤어. 그래서 알아. 너희 정말 혐오스러워. 정지아도 그렇지만 너희도 마찬가지야.

하지만 이런 말은 절대 쓸 수 없을 것이다. 나는 그저 입을 다물고, 저 선명한 목소리들 아래 흐릿하게 깔려 있게 될 것이다.

그 순간, 문자가 핸드폰 화면에 떴다.

⊠ 나 지금 부산으로 가고 있어.

모르는 번호였다. 확 소름이 돋았다. 논리적으로는 설명할 수 없는 확신이었다. 정지아. 이건 정지아가 분명하다.

나도 모르게 핸드폰을 쥐고 자리에서 일어났다.

"거기 뭐야?"

졸고 있던 체육 선생이 얼떨떨하게, 자동 반사적인 위협을 섞어 물어본 것과 동시에 종이 쳤다. 아이들이 움직이고, 우르르 멀리서 천둥이 치는 것처럼 학교 안이 소리로 차오르고, 잠이 덜 깬 체육 선생은 별다른 말 없이 교실을 나섰다.

마음이 요동치는 것과 달리 발걸음은 느렸다. 아이들이 내 어깨를 치고 달려 나갔다. 아프지 않았다. 복도 끝, 먼지투성이 창가에 서서 핸드폰을 들었다. 복도에서 핸드폰을 하다 걸리면 벌점이 6점이었지만 그런 것도 한없이 얄팍하게 느껴졌다.

신호가 갔다. 달칵. 누군가 전화를 받았다. 몇 초, 아니 몇 분? 침묵이 이어지다 마침내 목소리가 들려왔다.

"……전화 왜 했어?"

맞다. 정지아. 한때는 매일 들었던 목소리. 일 년 만이었다. 비현실적이었다. 단 하나의 생각만이 떠올랐다. 정지아는, 내 번호를 가지고 있었구나.

"부산엔, 왜."

이게 적당한 대꾸였을까. 꿈꾸는 것처럼 물었다. 그래, 이건 꿈일 거다. 정지아에 대한 그 많은 말들이 오가고 있는 상황에서 갑자기 정지아가 내게 문자를 보내 부산 간다는 소리를 꺼내다니. 정신이 조금 맑아졌다. 부산엔 진짜, 왜? 뭐 또 광고라도 찍나? 예능이라도 나가니? 부산 하니까 내 생각이 난 거야?

너한테 휘말리지 않을 거야. 하, 지금 너 어떤 일이 벌어지고 있는지 알기나 하니? 검색도 안 해? 너 이제 큰일 났다고.

그러나 뒤이은 정지아의 말은, 내 머리를 꽉 채운 방어와 공격의 말들을 날려 버렸다.

"꽃님이를 찾는 사람이 있어. ……돈을 달래."

머리가 꽝꽝 울렸다. 맥박이 너무 빨리 뛰고 있어서, 터져 버릴 것 같았다.

"사진들을 가지고 있다고…… 칼을 가져왔어."

"야!"

소리를 질렀다. 그런데도 정지아는 내 목소리를 듣지 못한 것 같았다.

"여기서 끝내지 못하면 평생을 질질 끌려갈 거야."

내가 정지아에게 했던 말이다. 언제까지 걔네들한테 질질 끌려다닐 거야? 평생?

"이걸 끝낼지, 내가 끝날지, 이제 알 수 있겠지."

딱. 전화가 끊어졌다.

내가 지금 무슨 소리를 들은 것일까. 이건 정말 꿈이 아닐까. 과거의 망령이 지껄인 헛소리가 아닌가. 소리들은 사라져 버렸다. 액정에 남은, 오 분 남짓한 통화 시간 표시 가지곤 내가 방금 들은 말들을 증명할 수 없다.

하지만 그 순간 바로 문자가 왔다. 캡처한 사진. 정지아와 누군가의 대화. 이름 모를 누군가가 정지아에게 말한다. 부드럽게, 웃는 이모티콘을 섞어 가며.

– 그때 채팅 캡처한 사진 다 가지고 있다. 연예인 하려면 과거 정리 잘 해야지. 이백만 원이면 비싼 건 아니잖아.

딩–동, 4교시를 알리는 종이 울렸다. 아이들이 뛰어간다. 삐걱거리는 문이 여닫히는 소리, 그리고 어디선가 들리는 가느다란 비명 소리.

세용

　핸드폰으로 청소년 커뮤니티 '방랑자'에 접속했다. 회원이 오십만 명이 넘는 카페답게 게시판에는 새로운 글이 끝없이 올라왔다. 청소년들은 연예인 미모 순위, 학벌을 두고 첨예하게 갑론을박을 벌였다. 여고생 연예인의 과거 사생활 폭로 글에는 댓글이 수십 개가 달렸다. 친구에게 우유를 뿌렸다는 이야기도 있었다. 갑자기 우유 비린내가 풍기는 것 같았다.

　나는 '방랑자' 커뮤니티에 온종일 접속해 청소년들과 수십 차례 쪽지를 주고받고, 실시간으로 댓글을 다는 진정한 '카페人'이다. 사람들은 그런 나를 두고 폐인이라고 혀를 차며 눈살을 찌푸릴 테지만!

　새로운 글을 훑어보며 작성자의 닉네임을 살펴보았다. '이스케이프'가 올린 글은 없었다. 일 년 동안 연락을 끊었던 이스케이프가 갑자기 존재를 드러낼 리가 없다.

내 닉네임은 '가세용'이다. 내 이름인 오세용과 반대로 지었다. 닉네임을 정하는 짧은 순간에도 무의식이 반영된다. 커뮤니티에 가입할 때 어디론가 떠나고 싶었다. 감옥 같았던 고시원, 공무원 시험 학원, 그리고 집……. 그런 까닭에 이스케이프와 더 잘 통했던 것이 아닐까.

지는 햇빛이 기다렸다는 듯이 책상 쪽으로 내려앉았다. 너무 눈이 부셔 똑바로 볼 수 없어 커튼을 쳤다. 한여름의 햇살이 백수, 캥거루족에게 정신 차리라고 다그치는 것 같다.

좁은 방은 찜질방처럼 후끈거렸다. 선풍기도 더위를 먹었는지 모터 돌아가는 소리가 목숨이 끊어지기 직전처럼 힘겨웠다. '금성 GOLD STAR'에서 만든 별 모양의 로고가 그려진 한국 선풍기의 조상님도 마지막 열정을 불태우며 묵묵히 제 역할을 해낼 때, 나는 몇 달째 방구석을 지켰다.

장식용으로 설치한 에어컨 전원을 눌렀다. 올해 처음 틀었더니 퀴퀴한 냄새가 풍겼다. 아버지는 에어컨을 켜면 전기 사용이 폭증해 두꺼비집이 내려간다고 생각해 열대야에만 잠깐 사용했다.

에어컨 바람에 땀이 식으며 팔뚝에 닭살이 돋았다. 창문을 닫으면서 부산항을 내려다보았다. 영도에서 바라보는 부산 앞바다는 변하지 않았다. 끈적끈적한 비린내가 뺨에 달라붙는 기분이다. 멀리서 들려오는 철 두드리는 소리, 뱃고동 소리는 영도를 상징하는 배경 음악이다. 햇빛이 지는 시간이라 바다는 황금 가루를 뿌린 것같이 반짝거렸다. 여름 바다는 매서운 겨울 바다와 다른 느낌이다. 심청이처럼 몸을 던져도 죽지 않고 물 위를 둥둥 떠다닐 것 같다. 겨울 바다와 다르게 여름 바다가 좋은 이유다.

"전기세 니가 낼 꺼가? 젊은 놈이 방꾸석에서 찜질하나? 전화 요금도 못 내면서 무슨 스마트폰을 쓴다고, 당장 알뜰폰으로 바꺼라!"

마트에서 퇴근한 어머니가 잔소리를 늘어놓았다. 온종일 돈 계산을 하면서 손님에게 받은 스트레스를 나에게 잔소리하며 풀었다.

어머니가 욕실에 들어간 사이 집을 나섰고, 운 좋게 바로 버스에 올랐다.

창가에 머리를 기대고 사방을 둘러보았다. 부산항에 정박한 많은 배들은 어디로 가는 것일까? 비행기보다 저렴해 여객선을 타고 일본에 여행 가는 사람이 많다. 나는 한 번도 우리나라를 벗어나 본 적이 없다.

갈 곳이 있다는 것은 축복이었다. 나에게 여행을 가라고 돈을 줘도 갈 곳도, 같이 갈 사람도 없었다. 노량진 고시촌에서 공부할 때, 여권을 만들었으나 한 번도 사용하지 못했다. 여권을 만들 때의 떨림을 잊은 지 오래였다. 함께 여권을 만든 이스케이프는 외국 여행을 했을까?

버스가 구불구불하고 좁고 가파른 산복도로를 힘차게 달렸다. 핸드폰이 울렸다.

"부산 영도구 신선동에 거주하시는 오세용 씨 되시죠? 서울중앙경찰서입니다. 오남호 씨 아시죠?"

경찰 코스프레를 하는 보이스 피싱이 확실했다. 오후 여섯 시가 넘은 시간에도 일하는, 치열한 프로 정신으로 무장한 사기꾼이었다.

"네! 우리 아버집니더!"

"오남호 씨가 몇 달 전까지 오세용 씨 통장으로 매달 백이십만 원을 입금하셨네요."

　사기꾼들의 정보력은 국정원 직원만큼이나 뛰어나 기억하고 싶지 않은 일을 떠올리게 만들었다. 노량진에서 공무원 시험을 준비할 때 아버지가 매달 생활비를 보내 줬다.

　"은행 전산 정보가 해킹당해 지금 주민번호, 주소, 통장 계좌번호, 비밀번호가 인터넷에 공개됐습니다. 잔액 이백만 원이 위험합니다. 당장 비밀번호를 바꿔야 합니다!"

　나에 대해 빠삭하게 조사한 치밀한 녀석들.

　다시 시험 준비를 하면 주겠다며 아버지가 이백만 원을 인출해 현재 잔액은 백칠십삼 원이다. 단위가 만 원이 아니라 원이다. 이백만 원은커녕 이백 원도 인출할 수 없다.

　"이백만 원은 우리 아버지가 애면글면 모은 돈입니더. 어떻게 해야 됩니꺼?"

　오늘 처음으로 누군가와 대화를 나누는 순간이다. 더 이야기를 나누고 싶어 연기를 시작했다. 짝퉁 형사님은 통장 비밀번호를 물으며 나를 안심시켰다. 경찰 연기에 몰입한, 진지한 사기꾼의 말투에 웃음이 터졌고 녀석이 전화를 끊었다. 오 분을 넘지 못했다.

　나는 보이스 피싱, 보험, 인터넷 가입 권유 전화를 기다린다. 검은색 크로스백을 메고서 도를 아시냐고 묻거나, 주님이 곧 이 세상에 오신다고 친절하게 예언하는 거리의 종교인들도 반갑다. 소울 메이트였다.

　고갯길을 안전하게 빠져나온 버스가 큰길로 접어들었고 곧 남포동 정류장에 멈추었다.

그사이 사방이 옅은 잉크빛 어둠으로 물들었다. 후텁지근한 열기가 조금 식었고 진한 비린내도 옅어졌다. 하루가 저물고 있었다.

버스에서 내려 피프광장을 지나 국제시장으로 들어섰다. 일본어, 중국어가 쉬지 않고 들려 '국제'시장이라는 이름이 걸맞았다. 보수동 헌책방에서 책을 읽고 싶어 번잡한 곳을 벗어나 발걸음을 재촉했다.

단체 여행객이 많이 찾는 호텔 앞에는 관광버스가 줄지어 서 있었다. 차에서 내린 학생들이 많아 도로가 혼잡했다. 피서 철에는 부산 어디를 가든 사람이 넘쳐 났다.

"안녕하세요!"

남학생 몇 명이 다가왔다.

"아저씨, 남자끼리니까 탁 까놓고 얘기할게요. 부산에 여행 왔는데, 술을 살 수가 없어요. 대신 좀 사 주세요."

뿔테 안경을 쓴 남학생이 안경을 만지작거렸다. 마르고 여드름이 가득한 소심한 범생이들이었다. 꼰대처럼 잔소리를 빙자한 교훈을 퍼부으려다가 사춘기 때 나보다 훨씬 재미있게 사는 녀석들이라 훈계할 수가 없었다.

고등학생 때 수학여행이 떠올랐다. 선생님이 무서워, 아니 권하는 친구가 없어 맥주 한 잔 마시지 못하면서도 성적은 하위권인 나는, 단체 사진을 보고서야 여행에 왔는지를 알 수 있는 존재감이 없는 학생이었다.

얼굴이 시커먼 녀석이 삼만 원을 주머니에 넣어 주었다. 거절하면 다른 사람에게 부탁해서라도 술을 마실 테니, 녀석들의 멋진 추억 만들기 프로젝트에 작은 힘이라도 보태고 싶었다. 그런데 돈을 들고 있는 오른손이 떨렸다. 일주일 만에 만져 보는 삼만 원. 급하게 뛰는 마음을 가라앉히고 환하게 웃으려고 애썼다.

"사춘기에 멋진 추억을 만들어야지! 이쪽 편의점에서 사면 선생님한테 걸릴 수도 있다 아이가!"

호들갑스럽게 말하면서 나는 이 일의 결말을 고민했다. 물론 해피엔딩!

뒷문이 있는 작은 편의점이 생각났고 자연스럽게 그쪽으로 걸어가고 있었다.

"안주는 뭐가 좋겠노?"

편의점에 들어갔다. 안에는 빨간 모자를 쓴, 마른 멸치를 닮은 남학생이 물건을 고르고 있었다. 계산대에 서 있는 아르바이트 학생의 나른한 표정을 보니 마음이 놓였다. 도망칠 나를 잡으러 올 의지가 없어 보였다.

마른안주를 고르는 척하면서 편의점 밖을 보았다. 녀석들은 나를 믿고 있었다.

주변을 둘러보며 때를 기다렸다. 초콜릿 몇 개를 주머니에 넣던 멸치와 눈이 마주쳤다. 녀석이 희미하게 웃었다. 배짱을 배우고 싶었다.

안주를 만지작거리다가 뒷문으로 재빠르게 빠져나왔다. 어리바리한 녀석들은 내가 도망치는 순간에도 수다를 떨고 있었다. 하늘이 삼만 원을 나에게 기부한 셈이다. 술을 마셔 몸도 망치고 선생님한테 혼나는 것을 막기 위한 어쩔 수 없는 배려였다. 술값이니 녀석들이 경찰에 신고

하지 못한다는 얄팍한 계산을 이미 끝마쳤다.

횡단보도를 건넜다. 녀석들이 소리를 지르며 뒤늦게 달려왔다. 삼백만 원을 소매치기에게 빼앗긴 것마냥 뒤쫓다 무단 횡단을 했다. 자동차가 멈춰 섰다. 녀석들은 다급한 상황에서도 운전자에게 사과를 했다. 나는 더 속력을 내서 달렸다.

호텔 뒤쪽 골목이 눈에 들어왔다. 남포동의 미로처럼 이어지는 골목길이 반가운 것은 처음이었다. 빠르게 달리다가 잠깐 뒤를 돌아보는 사이, 후진하는 트럭과 부딪힐 뻔했다. 운전자가 창밖으로 고개를 내밀고 삿대질을 했다.

골목은 실핏줄처럼 사방으로 이어졌다. 부산이 처음인 녀석들은 절대 쫓아올 수 없었다.

모퉁이를 돌아 창고 뒤에 숨었다. 발바닥이 뜨거워 운동화를 벗고 벽에 기대었다. 건물 뒤편이라 그늘이 져 차가운 기운이 온몸으로 전해졌다.

땀에 젖어 쭈글쭈글한 지폐를 만지작거렸다. 세종대왕님도 나를 노려보는 것 같았다. 어쩌다가 청소년의 삼만 원을 훔치게 됐을까. 이스케이프가 지금 내 모습을 보았다면 어떤 표정을 지을까.

"돈 훔치기 참 쉽네예!"

한 녀석이 어깨에 손을 짚었다. 낯이 익었다. 편의점에서 만난 멸치였다. 가냘픈 몸매 덕분에 사람들 사이를 비집고 나를 쫓아온 것 같았다.

주춤거리며 일어나 뒤를 돌아보았다. 막다른 곳이었다. 나보다 골목길을 잘 알고 달리기도 빠른 녀석이라 도망쳐도 곧 붙잡힐 게 뻔했다. 녀석이 핸드폰으로 경찰에 신고하면 어떻게 해야 할까. 무릎을 꿇고 빌어야 하나? 가세용, 그 닉네임이 경찰서에 갈 것을 예언한 것일까? 멸치가 원하는 것은 무엇일까?

삼만 원을 꺼내려고 주머니에 손을 넣었다.

"경찰에 신고 안 할게요. 삼겹살 같이 먹어예!"

녀석은 삼겹살보다 '같이'를 더 강하게 발음하더니 살머시 웃었다.

'삼겹살 동반 식사' 협박은 처음 들었다.

삼겹살, 그 단어에 긴장이 풀렸다. 불판에서 삼겹살이 지글지글 익는 소리가 환청처럼 들렸다. 몇 달 동안 맡지 못한 그리운 냄새에 입안 가득 침이 고였다. 나이도 다르고 외모와 몸매도 정반대였지만 삼겹살, 그 한 단어가 소년과 내 삶의 공통분모였다.

국제시장 뒤편, 허름한 고깃집에 들어간 소년이 가장 싼 미국산 삼겹살 2인분을 주문했다.

"아저씨가 돈을 빼돌리지 않았으면 고기를 못 먹었겠찌요. 같이 와 줘서 고맙습니더. 삼겹살은 혼자 먹기 뻘쭘하잖아예!"

내가 하고 싶은 말을 대신하는 녀석. 고맙게도 돈을 훔쳤다는 아름답지 못한 말은 쓰지 않았다.

소년이 집게로 고기를 집어 불판에 올려놓았다. 집게를 집은 소년의 팔뚝이 초겨울의 앙상한 나뭇가지 같았다.

상추에 김치와 반찬을 넣고 고기를 싸서 입에 넣었다. 혀가 여러 가지 맛을 한 번에 느꼈다. 누군가와 식당에서 삼겹살을 구워 맛나게 먹는 게 일 년 만이었다. 이스케이프와 노량진에서 먹을 때가 마지막이었다. 부모님과 삼겹살을 먹으면 체할 것 같았고, 친한 친구 몇 명도 이제 만나기 힘들었다. 취업을 한 녀석들은 결혼 청첩장을 건네기 바빴다.

삼겹살 메이트였던 이스케이프와 시험에 합격해 한우를 배 터지게 먹자고 약속했다. 굳은 맹세는 지킬 필요가 없었다. 두 사람은 모두 시험에 불합격했으니까.

노릇하게 잘 익은 고기 한 점을 입에 넣고, '방랑자'에 올라온 글을 살폈다. 쪽지가 왔다. 고등학교 2학년인 닉네임 '부러진 흙수저'는 내 격려에 희망을 얻고 요리 학원에 등록했다고 소식을 전했다. 커뮤니티에서 나는 자타 공인 멘토인, '청소년 바르게 지킴이' 즉 '청바지'로 활약하고 있었다.

실시간으로 인터넷에 접속하기 위해 부모님의 압박 속에서도 스마트폰은 포기할 수 없었다. 카메라 작동이 안 되고 자주 전원이 꺼지는, 오 년째 쓰는 스마트폰은 세상과 소통하는 유일한 창구였다. 수많은 쪽지가 왔지만 간절하게 기다리는 이스케이프는 내게 연락하지 않았다. 몇 달 전에 보낸 쪽지를 아직도 읽지 않았다.

불판 위에 고기가 없었다. 녀석도 몸매와 다르게 육식파였다. 먹성 좋은 녀석이 왜 초등학생처럼 말랐을까? 삼만 원을 모두 쓰기로 하고 고기를 더 주문했다.

미국 돼지와 멕시코 돼지는 맛이 비슷했다. 한라산 청정 자연에서 자란 제주 돼지보다는 맛이 덜했지만 우리는 똑같다고 입을 모았다.

"니 맥주 좋아하나? 미성년이 술 마시도 되나?"

"인자 미성년자 그만할라꼬요. 미성년자인 내를 이 세상이 보호하고 챙겨 줘야 되는데 착취할라고만 하잖아예!"

소년의 눈동자가 흔들렸다. 눈빛에 그늘이 가득하다고 느꼈다.

소년은 내게 아무것도 묻지 않았다. 나도 사생활을 캐묻지 않았다. 녀석 앞에서는 통장 잔액이 백칠십삼 원이지만 돈이 있는 척 허세를 부리지 않아도 된다.

우리는 서로에 대해 아무것도 모른다. 하지만 대충 많은 것을 알고 있었다. 고등학생의 용돈을 갈취해 허겁지겁 달리는 내 뒷모습을 보면서 소년도 많은 것을 눈치챘을 테니까.

녀석은 핸드폰을 꺼내 한참을 들여다보았다. 너무 골똘해 고기가 타는 것도 몰랐다. 여자 친구와 문자를 주고받는 것 같아 말을 시키지 않았다.

텔레비전에서는 지역 뉴스가 한창이었다. 보이스 피싱 사기단 검거 소식을 전했다.

"보이스 피싱 당해 봤나? 나한테는 매일 전화 오는데 귀찮기보다는 이야기하면 재미있다. 보이스 피싱 프렌드다!"

"보이스 피싱예? 누구한테 개인 정보 팔았습니꺼?"

녀석이 핸드폰을 식탁에 내려놓았다. 그러면서도 눈은 계속해서 핸드폰을 흘낏거렸다. 트위터 중독자였다.

"누가 내 개인 정보를 돈 주고 사나? 통장에 돈이 많아야 개인 정보도 가치가 있제."

"이 형님이 정말 순진하네예. 부산역 노숙자들한테 개인 정보를 사는 사람도 많아예!"

녀석이 나를 보면서 혀를 찼다.

이어서 뉴스에서는 고독사가 사회 문제로 떠올랐다고 보도했다. 남포동 고시원에서 무연고자로 밝혀진 삼십 대 초반 남성이 숨진 채 발견됐다. 뉴스 화면에 고시원을 모자이크 처리했지만 사거리에 있는 '아름빌리지'가 확실했다. 녀석도 젓가락을 내려놓고 뉴스에 집중했다.

"노량진 고시원에서 육 년을 살았던 사람이라 그런지 남 이야기 같지가 않네."

쓸쓸한 죽음을 맞이한 또래를 위해 잠깐 묵념을 했다.

"나도 죽으면 무연고자 처리될 겁니더."

맥주 두 모금에 얼굴이 달아오른 소년이 중얼거렸다. 생글생글 웃는 얼굴 뒤로 불빛 그림자가 내려앉았다.

계산을 마치고 가게를 나왔다.

"다음에도 돈 마이 벌어서 삼겹살 같이 먹자! 부산에 여행 온 아들 억수로 많다!"

남포동으로 단체 여행을 오는 청소년 정보는 커뮤니티를 검색하면 쉽게 알 수 있었다.

"배포가 커야 성공하지예! 투 플러스급 한우, 제가 곧 쏘겠습니더! 돈은 길바닥에 널렸습니더. 저 사람들이 다 돈이라예! 정보화 시대 아닙니꺼?"

녀석이 손가락으로 사람들을 가리켰다.

"사람들이 다 돈이라고? 그러면 나는 얼마짜리 인간이냐?"

소년은 대답 대신 또 핸드폰을 꺼냈다. 금액으로 환산할 수 없는 인생이라 말하지 않는 것일까? 녀석의 전화를 빼앗았다.

"와 남의 핸드폰을 들여다봐에? 스토커입니꺼?"

녀석이 눈을 치켜떴다. 몇 분 만에 심리 변화가 너무 심했다. 사춘기가 분명했다.

"나는 얼마짜리 인생이냐고? 와 말을 안 하노? 똥값 인생이가?"

"한창 중요한 디엠 보내고 있는데……. 형님이 고기도 사 주고, 좋은 사람 같아서 하는 말인데예 절대로 남에게 주민등록번호나 아이디 말하지 마이소. 세상이 무섭십니더!"

녀석이 시원하게 트림을 했다.

"핸드폰 번호 찍어 봐라. 나랑 이야기가 잘 통하니까 가끔 만나자."

"개인 정보를 오픈할 사이는 아니라예. 남포문고, 헌책방, 보수동 골목, 피프광장이 내 활동 반경입니더. 인연이면 다시 만나겠지예!"

소년이 손을 흔들며 횡단보도를 건넜다.

롯데백화점을 지나 영도다리로 들어섰다. 태종대 종점으로 향하는 막차가 오고 있었지만 뛰지 않았다. 집에서 나를 기다리는 것은 부모님의 잔소리와 한숨뿐이다.

옷에 밴 고기 냄새가 바닷바람에 날아갔다. 바람이 시원해 다리 난간에 기대었다. 출항을 기다리는 배에 환하게 불이 들어왔다. 뱃고동 소리에 마음이 거센 파도처럼 출렁거렸다.

느긋하게 걸어 영도다리를 건너고 산복도로로 접어들었다. 부산역으로 가는 텅 빈 막차가 지나갔다.

공무원 시험 공부를 하러 노량진 고시촌에 들어갈 때 부산역에서 KTX를 탔다. 아버지의 의견을 거스르기 싫어 전역 후 바로 짐을 챙겼다. 아버지와 함께 살기 싫어서 떠날 핑계가 필요했다.

노량진 생활은 부산과 다르지 않았다. 고시원은 너무 좁았고 창문도 없어 침대에 누우면 땅속에 갇힌 느낌이었다. 죽음을 미리 체험한 셈이었다. 늘 차가 막혀 매캐한 매연이 뿜어지는 큰길에서 컵밥을 사 먹어야 하고, 학원 수업도 한 시간 일찍 가지 않으면 들을 수 없었다. 스터디 모임에서 고등학교를 갓 졸업한 공무원 수험생을 우연히 알게 되었고, 덕분에 노량진에 적응할 수 있었다. 그 수험생을 통해 방랑자 카페도 알게 되었다. 닉네임이 이스케이프였다.

육 년이라는 시간은 금세 흘러갔다. 결국 시험에 탈락했다. 다시 도전할 의지가 없었다. 그렇게 석 달 전 서울을 떠나 KTX보다 시간이 두 배나 걸리는 버스를 타고 부산으로 돌아왔다. 이제는 운동화 두 켤레와 텐트를 짊어지고 노숙하면서 서울에 가도 될 만큼 시간이 많았다.

멀리 사거리에 있는 고시원 건물이 보인다. 세상을 떠난 또래가 떠올랐다.

한참 동안 고시원을 바라보다 다리를 건너 꼬불꼬불한 골목을 걸었다. 환하게 불을 밝힌 3층짜리 집이 서 있었다. 부산에서 집값이 가장 저렴한 영도에 이 집을 장만했을 때 아버지의 뿌듯한 얼굴이 지금도 생생하다.

현관문을 열었다. 시끄럽게 혼자 떠드는 텔레비전이 나를 맞이했다. 어머니는 소파에 누워 쪽잠을 청했고, 중소기업에 다니다가 퇴직해 아파트 경비를 하는 아버지는 엔화를 세고 있었다. 엔화가 구백 원으로 떨어졌을 때 엄청 많이 사 두었다. 엔화 재테크였다.

아무 말도 하지 않고 방으로 들어갔다. 아버지와 이야기를 하지 않은 지 일주일이 넘었다. 이어폰을 귀에 꽂고 음악을 들었다. 옷에서 고기 냄새가 났다. 구역질이 나 티셔츠를 벗었다.

컴퓨터 앞에 앉아 카페에 접속해 하루 일을 일기 쓰듯 적었다. 오세 용 백수실록이었다.

삼겹살을 같이 먹은 소년에 대한 글을 남겼다. 돈을 훔쳤다는 말은 적 지 않았다. 피해자가 커뮤니티 회원이라면 녀석들에게 고해성사 하는 셈이었다.

수능이 백 일 앞으로 다가오자 게시판에는 대학 입시로 고민하는 수 험생들이 글을 많이 남겼다. 명문대를 졸업한 삼십 대들이 9급 공무원 시험을 준비한다고 적었다. 아이들은 믿을 수 없다고 댓글을 남겼다. 관 련 신문 기사를 스크랩해서 올려놓았다. 조회 수가 폭발적이었다.

집을 나와 봉래산 산책로를 걸어 복천사에 갔다. 점심 공양 시간이 다. 대웅전에 들어가 절을 세 번 했다. 부처님이 절도 사건을 용서해 준 다는 듯 자비로운 미소를 지었다. 천장에는 연꽃등이 수없이 많이 달려 있었다. 소원 성취를 기원하는 등으로, 삼만 원을 내면 일 년 동안 연꽃 등에 불이 들어온다. 등 아래에는 시주자의 이름과 소원이 적힌 종이가 달렸다.

마침 법당에는 아무도 없었다. 문 옆, 책꽂이에 있는 깨끗한 종이에 나와 이스케이프의 이름과 소원을 짧게 적었다. 그러고는 법당 구석에 세워진 접이식 사다리를 놓고 조심스럽게 올라가 가장 큰 연꽃등 이름표 뒤에 소원을 적은 종이를 붙였다. 눈여겨보지 않으면 아무도 눈치채지 못할 것이다. 부처님은 연꽃등 시주자의 소원을 들어주면서 덤으로 나와 이스케이프의 바람도 이루어 줄 능력의 소유자다. 원 플러스 원 기도였다.

맞은편 명부전에는 할아버지 위패가 모셔져 있다. 아버지가 태어나기도 전에 돌아가셔서 얼굴도 모르는 할아버지. 명부전에 들어가 절할 자신이 없어 두 손을 모아 세 번 고개를 숙이는 것으로 대신했다.

공양간에서 큰 그릇에 비빔밥을 받아 그늘에 앉았다. 부산 앞바다가 한눈에 들어왔다. 하늘은 구름 한 점 없이 맑고, 햇살은 똑바로 볼 수 없을 만큼 눈부셨다. 너무 아름다워 가끔 서글프게 보이는 영도가 감옥처럼 나를 옭아맸다. 다들 출근하거나 휴가를 떠날 때, 나는 산속에서 무엇을 하고 있나? 밥맛이 없었지만 남길 수 없어 겨우 식사를 마치고 일주문을 빠져나왔다.

큰 건물의 그림자를 따라 걸으며 핸드폰으로 음악을 듣다 보니, 어느덧 남포동에 도착했다. 아스팔트에서 아지랑이가 피어올랐고 자동차 경적에 귀가 먹먹했다. 티셔츠는 이미 땀에 흠뻑 젖었다.

자갈치 시장 입구는 오늘도 시끌벅적했다. 대머리 할아버지는 그물을 정리했다. 뚱뚱한 아줌마는 생선을 손질하다가 누군가에게 삿대질을 했다. 구석에서 폐지를 정리하던 아저씨가 벌떡 일어나더니 고함을 질렀다.

 지루하고 무더운 오후에는 싸움 구경이 가장 재미있다. 아저씨 옆에
는 폐지가 아슬아슬하게 쌓여 있었다. 피사의 사탑 같았다.

 "폐지를 훔치는 놈이 어디 있노!"

 아저씨 목에 핏대가 섰다. 저만치 빠르게 달려가는 남자아이가 보였
다. 아저씨는 뒤쫓을 생각을 하지 않았다. 소리 지를 핑계가 필요했던
것 같았다.

 절도범의 옷차림새, 멸치처럼 마른 몸매, 무엇보다 빨간 모자를 보니
누군지 단박에 알 수 있었다. 그 소년이었다. 녀석의 육상 실력은 전국
체전에 참가해도 될 정도였다.

 녀석은 무단 횡단을 해서 용두산으로 달려갔다. 이백 원도 안 되는
폐지를 왜 훔쳤는지 궁금해 추격전을 벌였다. 이름을 부르고 싶었지만
소년에 대해 아는 게 아무것도 없었다.

 녀석이 여유롭게 화장실로 들어갔다. 밖에서 기다리다가 목덜미를 낚
아챘다.

 "폐지를 왜 훔치노?"

 녀석이 들고 있는 언어영역 문제집은 표지가 찢어졌다. 은행과 관공
서에서 버린 여러 가지 서류 뭉치도 있었다. 재활용 수거 업계에 최연소
신인이 나타나 세대 교체를 예고했다.

 "폐지가 돈이라예. 아저씨도 서른다섯 살 넘어가지고 고딩들 삼만 원
훔쳤잖아예!"

 "같이 삼겹살 사 먹었잖아! 우리는 공범이다. 그리고 서른다섯 살? 서

른이지만은 만으로는 생일도 안 지나서 아직은 스물여덟이다!"

"헐!"

소년이 나를 훑어보았다.

노량진 고시촌에서 조미료가 많이 들어간, 기름진 음식으로 세 끼를 때우고 온종일 의자에만 앉아 있었더니 어느새 뱃살이 출렁거렸다. 머리카락은 추풍낙엽처럼 힘없이 빠졌다.

소년은 뿌듯한 얼굴로 문제집과 서류들을 훑어보았다. 문제집을 훔쳐서라도 공부하겠다는 지독한 사람을 두 번째로 만났다. 첫 번째는 이스케이프. 서류 이면지는 연습장으로 쓰려는 것 같았다. 부모님이 준 돈으로 편하게 공부해 시험에 불합격했다는 것을 녀석에게 말할 수 없었다.

육 년 동안 공부하면서 쓴 돈이 어림잡아 팔천만 원 이상이다. 스스로 선택한 길이 아니기 때문에 내 책임이 아니라고 변명하는 것밖에 할 말이 없다.

용두산 공원 나무 그늘 아래 앉았다. 할머니가 햇살을 맞으며 산책로에 버려진 빈 병을 줍고 있었다.

"저도 부산을 뜰라면 돈이 필요해서 빈 병을 모았지예. 두 배로 오른다고 신문에 났데예! 그렇게 모은 돈을 아이들한테 빼앗기고, 아무리 모아도 돈이 안 돼서 포기했어예."

소년이 빈 병 재테크에 대해 주절거렸다.

타인의 시선을 신경 쓰지 않는 두둑한 배짱을 수강료를 주고서라도 배우고 싶다. 아버지와 만나면 다양한 재테크 노하우부터, 궁상맞게 절약하는 방법을 주제로 세월을 뛰어넘는 대화를 나눌 수 있을 텐데.

"어린놈이 신문도 읽나? 나는 내 문제도 복잡해서 세상일까지 알고 싶지도 않던데."

"끊임없이 읽고 수다를 떨어야 지긋지긋한 시간이 빨리 지나가예. 빨리 스무 살이 됐으면 좋겠네예. 우리나라 청소년 보호법, 싫다 증말로!"

소년은 신문 애독자답게 또래들이 안 쓰는 어려운 어휘를 골라 사용했다.

"우리 아버지는 엔화 재테크를 하는데, 엔화를 구백 원에 사서 천이백 원에 팔면 은행 이자로 삼십 프로 이상 벌 수 있다네. 그 돈으로 내한테 또 공무원 시험 준비하라고 하네. 그 돈이 없어져서 내한테 아무런 집착도 안 했으면 좋겠다."

"엔화도 은행에 맡길 수 있어예?"

"엔화를 은행에 맡기면 수수료가 비싸서 그냥 집에 보관한다. 불이 날까 봐 두꺼운 냄비 속에 숨겨 놓는다. 그리고 나중에 서울 명동 환전소에 팔면 수수료라도 건진다 아이가."

"저도 빈 병 재테크 대신 대박 나는 아이템을 찾았어예. 이젠 부산 뜰 일만 남았습니더!"

녀석은 또 핸드폰을 만지작거렸다. 대박 아이템이 무엇인지 물어도 대답하지 않았다.

단체 관광객들이 떠드는 소리가 매미 울음소리보다 더 시끄러웠다. 여름의 부산은 조용한 곳이 없었다.

"니 몇 살이고? 어디 사노?"

"자영업잡니더!"

"자영업? 장사하나?"

"자유로운 영혼이라고 생각하면 됩니더. 솔로 인생입니더. 혼자 주체적으로! 고시원에 살 때도 있고, 찜질방에 있을 때도 있고, 여름이라 밖에서 잘 때도 있고."

녀석이 팔을 비틀며 스트레칭을 했다.

"가출했나?"

"가출은 집을 나왔다는 말이잖아예. 저는 집이 없어서 노숙할 때도 많아예. 노숙이 길에서 잔다는 뜻이 아니고 이슬을 맞고 잔다는 뜻이랍니더."

맑은 이슬을 맞고 사는 소년의 피부가 투명하다 못해 실핏줄까지 보일 정도였다.

오후에 남자 고등학생들이 단체 여행을 온다고 소년이 말했다. 남학생보다는 운동 신경이 없는 여학생이 유리하지만 선택의 여지가 없었다. 소년이 잘 곳을 마련하려면 돈이 필요했다.

녀석은 또 핸드폰을 꺼내 트위터에 접속했다.

"누구한테 문자를 보내노? 여자 친구가?"

"여자는 맞지만 친구는 아니고! 다 생계를 위해서 지금 바쁩니더! 놀 시간이 없어예."

녀석이 몸을 돌려 핸드폰을 만지작거렸다. 정체를 도무지 알 수 없는 녀석.

어제 남은 돈으로 점심을 때우고 녀석과 보수동 헌책방 골목을 둘러보았다. 녀석은 책을 읽는 동안에는 절대 움직이지 않았다. '책 읽는 동상' 같았다.

핸드폰이 울렸다. 방랑자 카페 쪽지였다.

"여자 친구하고 연락합니꺼? 여자 친구는 없을 꺼 같은데! 모쏠 출신 아임니꺼?"

녀석은 책에서 눈을 떼지 않았다.

"뭐, 뭐라꼬 모쏠? 청소년 커뮤니티 방랑자에서 내를 멘토로 삼는 친구들이 많다!"

핸드폰을 내밀어서 엄청나게 많은 쪽지들을 보여 주었다.

"근데요, 아이디가 가세용이에요? 어딜 갈라꼬요?"

녀석의 느닷없는 질문에 대꾸할 수 없었다. 나는 어디로 가고 싶은 것일까.

헌책방 골목을 빠져나와 일곱 시쯤 남포동 모텔 근처를 어슬렁거렸다. 순박해 보이는 외모 덕분인지 남학생 몇 명이 다가오더니 술 이야기를 꺼냈다.

"너거는 술 마시면 안 되는 거잖아. 나도 그 시절을 보내서 그 마음을 잘 알제. 추억 삼아 쪼매만 마시라!"

맞은편에 서 있던 소년이 나를 보며 오른손 엄지손가락을 추켜세웠다. 미리 확인해 둔 허름한 슈퍼로 걸어갔다. 도망치기 쉽고, 감시 카메라가 없는 가게였다. 남학생들이 내민 오만 원을 받아 들고 가게로 들어갔다. 냉장고 옆으로 쪽문이 있었다.

녀석들이 가게 앞을 서성거리며 나를 지켜보았다. 어제 학생들과는 다르게 나를 신뢰하지 않는 것 같았다. 하지만 계획을 포기할 수 없었다.

냉장고에서 맥주를 꺼내는 척하다가 숨을 크게 들이마시고는 쪽문을 열고 도망쳤다. 문이 닫히기도 전에 들려오는 아이들의 고함이 목덜미를 낚아챘다.

전속력으로 달렸다. 녀석들이 쌍욕을 내뱉으며 맹추격했다. 성난 황소들 같았다.

복잡한 골목으로 녀석들을 유인했다. 학생들은 쌍욕 배틀에 참가한 것처럼 전국 팔도 욕설을 뱉어 냈다. 낮은 담장을 가뿐하게 뛰어넘고 다른 골목으로 들어섰다. 뚱뚱한 몸으로 불가능한 일이었지만 절박함은 가끔 기적을 일으킨다. 학생들도 도둑고양이처럼 담장을 뛰었다. 세 명이 연달아 뛰어내려 땅이 흔들렸다. 발육 좋고, 운동 신경이 뛰어나다는 것을 예측하지 못한 내 탓이었다.

조금 더 가면 큰길이 나온다. 인파 때문에 달리기가 어려웠다. 모범 시민들에게 붙잡힐 것이다. 골든타임은 오 초였다. 한숨을 내쉬고 오만 원을 던졌다. 녀석들은 바람에 날아가는 돈을 잡으려고 방향을 바꾸었다. 녀석들이 우왕좌왕할 때, KTX를 능가하는 속력으로 달려 사람이 많은 피프광장으로 들어갔다. 녀석들의 고함이 점점 희미해졌다.

전봇대에 기대어 숨을 가다듬었다. 녀석들 덕분에 뱃살 500그램은 더 빠졌을 것이다. '절도 다이어트' 프로그램을 관광 상품으로 만들면 부산에 새로운 한류 강풍이 불 것 같았다. 소년도 헉헉거리며 달려왔다.

"배고프제?"

"괜찮습니더. 하루 종일 굶을 때도 많아예!"

녀석은 대수롭지 않게 말하며 폐지를 훑어보았다.

여섯 끼를 굶어도 죽지 않는다는 것을 녀석이 증명했다. 영양 보충이 필요한 녀석에게 삼겹살을 사 주고 싶었지만 돈이 없었다. 집에 현금은 엔화 뭉치밖에 없었다. 방법은 한 가지뿐이었다.

녀석에게 삼십 분 뒤에 다시 만나자고 말하고 버스를 타고 영도로 갔다.

집에 아무도 없었다. 집 안 곳곳을 찾아도 역시 천 원 한 장 굴러다니지 않았다. 냄비 속에 엔화 뭉치가 있을 뿐이다. 책장에 가득 꽂혀 있는 공무원 수험서를 책가방에 담았다. 책 위에 올려놓았던 수첩이 책상에 떨어졌다. 잿빛 먼지가 쌓인 여권이었다. 노량진에서 함께 여권을 만들었던 이스케이프는 여권을 사용했는지 궁금했다. 책을 가방에 담고 집을 나섰다. 공무원 수험서를 팔았으니 이제 나는 어떤 책임을 져야 할까?

녀석은 남포문고 앞에서 나를 기다렸다.

우리는 다시 헌책방을 찾았다. 책을 파는 모습이 80년대를 배경으로 한 드라마의 한 장면 같았다.

"나는 공무원 시험 다시 칠 마음 없다. 우리 아버지는 내가 다시 공부할 거라고 믿고 있을 꺼지만!"

아무도 묻지 않았지만 혼자 주절거리기 바빴다. 녀석을 증인 삼아 다짐하는 것 같았다.

지난해 출간된 책은 새 책이나 마찬가지여서 오만 원을 받았다. 지겹던 이 책이 나에게 처음으로 기쁨을 주는 순간이다.

헌책방을 나와 식당에 들어갔다. 국산 삼겹살 4인분을 주문했다.

"곧 제가 한우 쏠게요! 기대하이소. 곧 대박이 터질 것 같습니더."

"로또 하나? 미성년자는 로또 하면 안 되지!"

"로또 아닙니더. 나름 열심히 살고 있으니까 뭘 하든 욕하지 마이소. 독하게 살 낍니더."

녀석이 더듬거리며 사연을 털어놓았다. 아빠는 사업 부도로 도망쳐 연락이 안 되고, 엄마는 화병으로 세상을 떠났다. 친척들은 연락을 끊었다.

"납치당해서 장기 밀매단에 팔려 가고 누구한테 맞아 죽어도 아무도 모를 낍니더. 누가 경찰에 신고라도 해 주겠습니까?"

소년이 노릇노릇 잘 익은 고기를 입에 넣었다.

"그런데도 검정고시 공부를 하고 싶나?"

"예, 희망이 필요합니더. 그래야지 오늘을 버틸 수 있을 것 같았서예."

너무 식상해 무의미해 보이는 희망이라는 단어. 너무 오랫동안 잊고 있었다. 그 단어에 갑자기 몸이 떨렸다. 나에게도 간절한 바람이 있었다. 물론 물거품이 되어 버렸지만 그 꿈을 버리지 않기로 마음먹었다. 그 소원이 사라지면 지금 시간을 버텨야 하는 까닭이 없었다.

"이제라도 기초 생활 수급자로 등록돼서 나라에서 지원금이라도 받아야지예. 그 돈이 생기면 부산을 떠나 서울에 가서 알바도 하고 자리잡아 공부할라꼬예. 저는 서울 가는 게 꿈입니더. 지긋지긋한 부산을 떠날라꼬예."

소년은 침을 튀기며 자신의 꿈을 자랑했다. 녀석이 훗날을 상상하며 멋진 꿈을 이야기할수록 나는 입을 다물 수밖에 없었다. 천만 원이 생겨도 돈을 쓸 데가 없었다.

고기를 먹고 가게를 나왔다.

"잘 때 없으면 부처님의 자비 광명이 가득한 복천사에서 자도 된다. 출가하는 것도 괜찮다. 숙식 해결되고 중생을 구하는 일석이조의 효과도 되잖아! 네가 득도하면 제일 먼저 내를 좀 구제해도!"

"취직하는 셈치고 형님이 출가하면 되겠네예!"

"나는 게을러서 안 된다! 내 앞가림도 못 하는 사람이 언제 깨달아서 다른 사람을 구제하노?"

소년과 함께 정류장으로 뛰어가 영도로 가는 막차에 올랐다. 소년은 창가에 기대어 잠이 들었다.

버스에서 내렸다. 공원 입구 공중전화 박스 옆을 지나 으슥한 산길을 걸었다. 한여름이지만 산속은 초가을처럼 쌀쌀했고 가끔 동물 울음소리도 들려왔다. 십 분을 걸어서 절에 도착했다. 보름달이 절 마당을 환하게 비추고 있었다. 대웅전 처마에 달린 풍경이 환영한다는 듯 흔들렸다. 스님이 잠을 자는 시간이라 아무 소리도 들리지 않았다.

"무슨 일 생기면 나한테 전화해라! 스님이랑 나랑 엄청 친하다!"

귓속말로 소년에게 전화번호를 알려 주었다. 녀석은 연상 기억법으로 번호를 암기했다. 이쯤 되면 자신의 전화번호를 알려 줄 텐데도 녀석은 개인 정보를 철저하게 지켰다.

텅 빈 곳에는 이불도 없었지만 녀석은 눕자마자 잠이 들었다.

산을 내려오면서 방랑자 카페를 보았다. 오늘도 사연이 올라왔고, 고민을 넋두리했다. 아이들의 걱정도 나와 다르지 않았다. 내 고민까지 더해져 머리가 복잡했다.

생각이 너무 많을 때는 달리기가 최고였다. 뱃살도 뺄 겸 집 앞 학교 운동장을 달렸다. 오 분 만에 지쳐 의자에 앉아 버릇처럼 핸드폰을 꺼냈다. '방랑자' 카페에 가장 많은 글이 올라오는 시간이었다.

핸드폰 화면에 이상한 표시가 떴다. 누군가 음성 녹음을 남겼다. 음성 녹음은 처음이었다. 이스케이프가 연락한 것 같아 손이 떨렸다. 마른침을 삼키고 침착하게 비밀번호를 입력하고 녹음을 들었다.

내일 오후, 꽃님이를 만나러 부산역에 가야겠다.

다시 소율

"정지아가 몸캠 했다고? 에이, 증거 사진 뜨기 전엔 안 믿는다."

점심시간 내내 아이들은 그 이야기를 했다. 밥과 반찬을 입안에 욱여넣으면서, 숟가락으로 식판을 두드리면서. 누군가 저질렀다는 악행과 실수와 스캔들은 언제나 입맛을 돋우는 향신료가 된다. 지금 이 향과 맛은 얼마나 자극적인가.

"근데 그런 건 왜 하는 거야? 돈 벌려고?"

"원조 교제는 왜 하겠냐. 다 유흥비 벌고 명품 사고 그러려고 하는 거지."

"걔도 참 겁 없다. 그런 짓을 하고 연예인 할 생각을 다 하냐. 이렇게 밝혀질 거."

나오는 대로 떠들어 댄다. 짐작과 추측, 바탕 없는 확신. 뭘 찌르는지 알지도 못하면서 칼을 휘둘러 대고 있다.

칼. 가져오라는 이백만 원 대신 지아가 챙긴 것. 배가, 가슴이, 몸 전체가 욱신거렸다. 입안에서 쌀알이 촛농처럼 씹혔다. 귀를 막고 싶었다. 저 입들에 숟가락을 쑤셔 넣고 싶었다. 제발, 좀, 닥쳐.

점심시간은 끝도 없이 길고 마침내 식판 바닥이 보일 때 누군가 말했다.

"근데 정지아가 박윤주 핸드폰 밟아 부순 얘기는 그 글에 없었지? 왜 없냐. 유명했는데."

"그게 무슨 소리야?"

내 목소리가 낯설었다. 식판을 들고 일어서려다 물었다. 앞에 앉은 애가 신나서 대답했다.

"김소율, 너 기억 안 나? 중삼 때, 박윤주라고 있었잖아. 정지아가 걔 따까리 했던 거잖아. 정지아가 전학 가기 전에 걔 핸드폰 완전 부수고 갔던 거 몰라? 그동안 셔틀 했던 거 갚아 주려고 그랬대."

부서진 핸드폰. 우두둑 소리. 액정에 금이 가도록 밟고 비볐다. 그렇지만 그렇게 한 건 정지아가 아니었다.

"그때 여름에, 방학 전에. 딱 이맘때였지, 아마?"

아팠었다. 사흘을 내리 결석했다. 그 뒤의 상황이 어떻게 되었는지는 몰랐고 알고 싶지도 않았다. 묻지 않기에 가만히 있었다.

"정지아가 현장 딱 걸려 가지고, 애매한 게 전학 수속 다 밟아 놓고 일이 벌어진 거라서 선생들도 곤란해하고. 솔직히 박윤주도 잘한 건 없잖아. 정지아가 돈 물어 주고 끝났대. 그거 완전 새 거여서 꽤 비쌌을 텐데. 하긴 정지아네 집 잘사니깐."

아닌데. 아니야. 하나도 맞는 얘기가 없다.

그거, 정지아가 부순 거 아니야. 걔가 왜 돈을 물어. 걔네 집 잘살지 않아. 배가 쥐어짜듯 아파 왔다. 오디션을 보려면 돈이 필요해, 말하던 지아의 목소리. 진흙탕에 구르며 모아 온 돈을 그렇게 써 버렸다고?

"김소율, 어디 아파?"

놀란 목소리가 아득해졌다. 나는 식판 위로 엎드렸다. 차갑고 딱딱한 금속이 이마에 닿았다. 입속으로 쑤셔 넣었던 음식들이 고스란히 위로 올라오려 했다.

담임은 별말 없이 조퇴증을 써 줬다. 버스를 타지 않고 땡볕 아래로 걸었다. 햇볕이 머리를 뜨겁게 달궜다.

내가 진 줄도 몰랐던 빚. 나는 얼마나 많은 것들을 몰랐던가. 지금도 모르고 있는 게 있을 것이다. 그걸 견딜 수가 없었다.

알아야 했다. 그리고 갚아야 했다. 갚는다, 그 단어가 머릿속에서 네온처럼 빛났다.

정지아에게 전화를 걸었다. 꺼져 있었다. 급하게 문자를 보냈다.

✉ 그 돈, 내가 줄게. 계좌 보내.

답은 없었다. 걸음이 빨라졌다. 그럼 부산으로 가자. 지아를 만나 돈을 줘야 한다. 다른 생각은 아무것도 나지 않았다. 이 찌는 더위와 답답함 속에, 그 생각이 숨 쉴 구멍 하나가 되어 준 것 같았다.

집에는 아무도 없었다. 안방 안은 죽음처럼 고요했고 닫힌 커튼이 미처 막아 내지 못한 햇살이 바닥에 일렁였다.

바닥은 거실보다 미끄러웠다. 나는 미끄러지지 않기 위해 발끝에 힘을 주고, 얼음판을 걷듯 지나 경대를 뒤졌다. 엄마가 따로 보관하고 있는, 세뱃돈이며 명절 용돈들을 모아 둔 내 통장을 찾아서.

하지만 찾아낸 통장에는 잔고가 없었다. 2주 전에 전액 출금했다는 정보가 통장 내역에 남아 있을 뿐. 그제야 엄마가 내 이름으로 정기예금을 들 거라고 말했던 것이 떠올랐다.

하필이면, 하필이면! 내 방 책상 안쪽 서랍에 따로 챙겨 둔 비상금을 찾아 세었다. 삼십칠만 원. 지갑에 있는 돈을 다 털어도 사십만 원이 안 됐다. 이백만 원에 턱없이 모자랐다.

"어, 일찍 왔네?"

언니였다.

"어디 아파?"

방문 앞에 선 것을 보았는데, 언제 들어와 내 이마에 손을 얹었을까. 언니의 말이 귓가를 스쳤다. 얼굴색이 너무 안 좋네, 무슨 일 있니?

"돈 좀 빌려주세요."

말이 스스로 튀어나왔다. 붙잡을 틈도 없이. 머리가 차마 뒤쫓아 돌아가기도 전에 언니가 물었다.

"얼마나 필요한데?"

물 좀 주세요, 하는 부탁을 들은 것처럼 평범한 대꾸였다.

이백만 원을 만들려면…… 갑자기 아빠가 생각났다. 아빠가 돈이 있을까? 많이는 아니어도 삼사십 정도는. 할머니한테도. 그럼.

"오십만 원."

말하자마자 후회했다. 이 사람은 내 편이 아닌데! 미쳤구나, 이소율! 아니 김소율. 아니 나는 누구지? 이 사람은 누군데? 나 도대체 왜 이러고 있지?

"그 정도면 돼?"

언니는 조금도 놀라지 않은 것 같았다.

"지금 현금이 없는데 바로 필요해? 그럼 은행 가서 뽑아 줄게."

언니가 먼저 몸을 돌려 방을 나섰다.

머리가 뒤죽박죽이었다. 홀린 듯 언니를 따라나섰다. 교복을 갈아입거나 다른 무엇을 챙길 생각도 하지 못하고, 비상금을 다 쑤셔 넣은 지갑만 하나 들고서.

오만 원짜리 열 장. 쉽게 손에 쥐어졌다. 상가 은행 ATM 앞이었다. 이제 정지아를 만나러 부산으로 가면 된다. 하지만 어떻게. 너무나 멀었다. 어디선가 신음 소리가 들렸다. 아니면, 울음소리가.

"소율아."

언니가 날 불렀다. 딱딱한 손끝이 볼을 스쳤다. 눈을 감자 뜨거운 눈물이 볼을 타고 흘러내렸다. 내가, 울었나.

"무슨 일인데. 도와줄게."

정말 간단한 말이었다. 그 말에 아무것도 붙어 있지 않은 것처럼 느껴졌다.

"친구가."

목이 메었다. 정지아와 나. 우리는 친구일까?

"친구가, 부산에 갔는데, 제가 가서……."

가서 뭘 하려고. 정지아는 그 남자를 만났을까? 돈을 줬을까? 아니면.

부산. 언니가 중얼거렸다. 그리고 이어진 언니의 말은 이미 만신창이가 된 나조차 놀라게 했다.

"같이 갈까?"

언니는 행동이 빨랐다. 가장 가까운 기차표를 예매하고 콜택시를 불렀다. 집에 들러야 하냐고 한번 물은 뒤로는 다른 말은 하지도 않았다. 기차역으로 가는 내내 나는 계속 지아에게 전화를 걸었고, 꺼져 있다는 답을 들었다.

마침내 기차가 조용히 출발하고 창밖의 풍경들이 서서히 움직여 사라져 가자 언니가 길게 한숨을 쉬었다.

"이제 어쨌든 부산까지 가긴 가겠네."

언니는 띄엄띄엄 별로 관심 없다는 듯이 물었다. 부산 어디로 갔는데? 무슨 안 좋은 일이라도 있어?

"예전에 친구가 실수한 게 있는데…… 누가 그걸 밝히겠다고 협박을 한대요. 돈을 보내라고. 그래서…… 직접 만난다고 부산에 갔어요. 왜 그랬을까요. 그냥 돈만 보내지."

"돈만 보내면 계속 연락이 올 테니까 확실히 정리하고 싶었나 보지."

언니의 지적은 내가 전혀 생각 못 한 것을 알려 주었다. 그 사람이 그 증거 사진을 없애겠다고 약속했다 한들 지키지 않으면 끝나지 않는 것이다.

"나라면 부모님이나 믿을 수 있는 성인에게 도움을 요청할 거야. 그리고 경찰에 신고해야지."

불가능했을 것이다. 그 애의 가족들이 몰려들어 정지아의 긴 머리카락을 잡고 흔드는 모습이 순간 떠올랐다가 사라졌다. 경찰도 마찬가지이다. 경찰서에 들어선 순간 누군가 그 애를 알아볼 것이다. 요즘 잘나가는 정지아가 왔더라고 수군거릴 것이다. 딱 한 명만 알더라도 퍼지는 건 시간문제이다.

"그럴 수는 없어요. 걔도 잘못한 게 있으니까. 사람들은 걔 욕을 할 거예요."

지아도 그렇게 말했다. 랜덤 채팅으로 만난 아저씨가 사진만 받고 돈은 보내지 않았을 때 했다던 말. 경찰에 신고하면 뭐 달라질 거 같냐고. 네 앞길이나 막히는 거라고.

"그 친구구나, 연예인 한다는. 그런 경우가 제일 힘들어. 구설수에 오르면 손해가 크니까. 다른 손실을 감수하고서라도 비밀 유지를 바라지."

언니는 쉽게 짐작해 냈다. 언니는 그 실수가 무엇이냐고는 묻지 않았다. 대신 내게 물었다.

"그래서 도와주려는 거야?"

"……돕는 게 아니라 ……갚아야 해요. 제가 진 빚이 있어요."

지아가 오디션에 통과했다는 소문은 슬금슬금 퍼져 나갔다. 정지아 연습생 됐다며? 어디? 대박! 정지아를 종처럼 부리던 애들은 받아들일 수 없어했다. 그 애들이 지아를 불러내서 니까짓 게 뭘 하느냐고, 그만두란 소리를 했을 때, 나는 진심으로 화를 냈다. 그 애들에게가 아니라, 그런 말에 벌벌 떠는 지아에게.

"평생 다시는 없을지도 모를 기회야. 그런 애들 눈치 보느라 이 기회를 날려 버릴 거야? 평생 질질 끌려다닐 거야? 걔네 하라는 대로 하면서?"

나는 그 애들에게 직접 말도 했다. 교실에서. 반 애들 앞에서. 지아 내버려 두라고, 니들 무슨 자격지심 있냐고.

그 애들은 황당해했다. 입이 있는 줄도 모르게 조용히 살던 찐따가 왈왈 짖어 댄 거나 다름없었다.

구원자라도 된 듯한 기분이었다. 내가 지아를 보호한다고 생각했다. 그 전까지는 학교에서는 같이 다니지 않았는데, 보란 듯이 지아와 다녔다. 정지아가 연습생 된 후에 친한 척한다고 애들이 욕하는 것을 알았지만 상관없었다.

"회사에서 친구 정리하라고 했대요. 정리할 친구 중에 나까지 있는 줄은 몰랐어요."

지아는 바빠졌다. 매일 회사에 가야 한다고 했다. 조퇴를 밥 먹듯이 했다. 점점 연락이 줄어들었다. 그리고 여름방학을 앞둔 어느 날, 학교에 갔을 때.

"정지아 전학 간대!"

"와, 김소율 넌 알고 있었어?"

몰랐다는 말은 차마 할 수 없었다.

"김소율 새 됐네, 정지아 없으니까. 아, 김소율 아니지, 원래는 이소율 이라며?"

박윤주가 내 눈을 똑바로 보며 말했다. 앙갚음할 기회를 노리고 있던 것이다.

뜨거운 수증기를 쬔 것처럼 얼굴이 달아올랐다. 나는, 내가 얼굴이 붉어지는 종류의 인간인 줄 그때 처음 알았다. 어떻게 알았지. 답은 하나였다. 나는 정지아에게만 그 이야기를 했던 것이다.

박윤주에게는 화가 나지 않았다. 내 모든 분노의 대상은 지아를 향했다. 나는 지아에게 저주에 가까운 문자를 퍼부었다. 답이 없어서 전화를 걸었다. 지아 대신 답하는 목소리. 없는 번호이오니…… 설마, 설마.

"지금 생각하면 걔가 진짜 바보 같았던 거예요. 번호를 바꿀 거면, 아무에게도 안 가르쳐 줄 거면 전학 간 다음에 그렇게 하지. 그렇게 끊어 버리지."

눈에 선하다. 텅 빈 교실. 지아에게 전학 가느냐고 묻던 아이들은 다들 어디에 갔던가. 체육 시간? 점심시간 끝 무렵? 지아와 나만이 교실 뒤에 서 있다.

물어보고 싶은 것은 많았다. 너, 박윤주에게 내 이야기했어? 내가 성이 바뀌었단 거 말했느냐고. 너 진짜 전학 가? 전화번호는 왜 바꿨어? 너, 너 진짜.

말은 나오지 않고, 속에서 치밀어 오르는 분노만이. 그때 맨 뒤 책상 위 박윤주의 핸드폰이 눈에 들어왔다. 그날 아침에, 새로 산 거라고 애들에게 자랑했던 신형 핸드폰이었다.

"야! 소율아!"

지아가 놀라 내 팔을 붙잡았지만 뿌리쳤다. 핸드폰을 바닥에 던지고 밟았다. 액정이 부서지고 빠드득 긁히는 소리가 났다. 사실, 정말로 밟고 싶은 건 그게 아니었다.

밟아 부수고 싶었던 건, 그 애에게 나를 열어 보였던 내 자신과 특별했다고 생각했던 시간들과 그 애가 불쌍하다고 생각하고 연민을 느꼈던, 그러면서 내 상황은 훨씬 낫다고 자위했던 스스로였다.

"건드리지 마! 더러워."

지아의 눈을 똑바로 보면서 똑똑히 말했다.

그러곤 곧바로 집으로 왔다. 핸드폰이고 뭐고 다 꺼 놓고 그대로 앓아누웠다. 아프지 않았어도 아프다 할 것이었지만 정말로 아팠다.

사흘을 학교에 가지 않았고 엄마의 성화에 못 이겨 학교로 돌아갔을 때, 지아는 이미 떠난 뒤였다. 각오했던 것과 달리, 누구도 내게 그 핸드폰에 대해 묻지 않았다. 지아가 말하지 않았구나, 그 정도로만 생각했다. 그럼 누가 그런 것인지 난리가 났을 텐데, 그때 교실에 있었던 내게 질문을 할 법한데 말하지 않아 이상하다고만 생각했다.

"지아가…… 자기가 그런 거라고 하고 물어 줬대요. 그걸 아까 들었어요."

박윤주가 내 과거에 대해 어떻게 알아냈는지는 그 후에 알았다. 내가 상담실의 유의 관찰 리스트에 올라 있었으며, 비고란에 엄마의 재혼으로 인한 전학이라 써 있었다는 걸.

정지아가 말한 게 아니었다. 그래도 분노는 식지 않았다. 정지아가 아니었다면 박윤주와 그렇게 얽힐 일도 없었을 테니, 다 정지아 탓이라고 생각했다. 나중에는 내가 무엇에, 누구에게 화를 내고 있는지 알 수 없어졌다. 그대로 모든 걸 꽁꽁 묶어 내 속 어딘가 던져 놓았다.

정지아가 그렇게 텔레비전에서 튀어나오지 않았으면, 혹은 모두가 그러리라 예상했듯이 실패했다면, 그 포장 꾸러미는 그대로 잊히고, 썩고, 내 '성장'의 '자양분'이 됐을지도 모른다. 아픈 만큼 크는 거야, 상담 선생님이 한 말처럼. 그런데 이렇게 꾸러미가 다시 떠오른 후 알게 되었다. 그 안의 덩어리는 아직도 피를 흘리고 있었다.

"본 열차는 이제 곧 목적지인 부산, 부산에 도착합니다. 잊으신 물건 없이……."

기차에 내려 뜨겁고 숨 막히는 공기를 들이마셨을 때에야 나는 내가 얼마나 계획 없이 여기에 왔는지 깨달았다.

모두 떠난 소풍 자리에 홀로 남아 숨긴 사람 없는 보물찾기를 하는 아이처럼, 나는 무작정 역 안을 헤매고 다니며 지아를 찾았다. 언니는 몇 발짝 떨어져서 날 따라왔다.

"……없어요."

당연한 결과였다. 부산에 가기만 하면 지아를 만날 수 있을 것 같았던 건 그냥 내 바람이자 헛된 꿈일 뿐이었다.

지아의 전화기는 여전히 꺼진 채였고 악몽 같은 상상들이 내 목을 조여 왔다.

"어디 좀 들어가자, 너무 덥다. 아빠 하시는 가게는 어디야?"

언니가 아무렇지도 않게 물었다.

아빠는 가게 앞에 나와 지저분한 주황색 앞치마를 두르고, 유리에 묻은 흔적을 지우려 애쓰고 있었다. 택시 유리창 너머로도 아빠의 입 모양을 읽을 수 있었다. 어떤 욕을 하고 있는지. 눈가가 떨리기 시작했다.

언니가 택시비를 계산하는 동안 먼저 내렸다. 아빠가 무심한 얼굴로 이쪽을 돌아보았다가, 날 보고 눈이 커지더니 손에 든 걸레를 떨어뜨렸다.

"아빠."

부르고 나니 눈물이 터졌다. 아빠가 황급히 달려와 내 어깨를 쥐었다.

딱 이 년 만이었다. 가게는 그만큼 낡았고 그만큼 새로운 것들이 늘어나 있었다. 그래도 카운터 뒤에 붙여 놓은, 내가 사학년 때 그린 가게 그림은 그대로였다.

"응, 소율이…… 언니구나. 반가워요. 나는 소율이 아빤데."

내 아빠와 내 언니가 첫인사를 나누는 자리였다. 아빠는 지독히도 어색해했지만 언니는 아무렇지 않아 보였다.

상황 설명은 언니가 했다. 자르고 줄여서. 친구가 부산으로 가출했고, 그걸 찾아왔다는 식이었다. 얘기를 들으며 아빠 표정이 점점 심각해졌다.

"소율아, 이거는 니 혼자서 해결할 수 있는 일이 아닌 기다. 그 친구가 누꼬. 그 부모님한테도 연락을 해야 하고."

모르는 소리라고 반박할 힘도 없었다. 그때 처음 보는 주방 아줌마가 수박을 접시에 담아 왔다. 아빠가 내 눈치를 보았다. 아, 뭐가 있구나. 작고 또렷한 인상의 아줌마였다. 우리나라 사람이 아닌 것 같았다.

아빠가 헛기침을 하고 말했다.

"경찰에다 얘기하는 게 안 낫겠나. 요즘 가출은 잘 접수 안 해 준다카 더만은……. 저기 영도경찰서에 아빠 아는 사람 많은 거 알제? 가서 그 뭐냐, 위치 추적이라도 할 수 있는지 알아보자. 서울 아가 부산 어디서 헤매고 있을지 알고."

"핸드폰이 꺼져 있으니 위치 추적은 안 될 거예요."

언니가 말했다.

그럼 어떻게? 막막한 침묵을 밀어내듯, 대여섯 명 되는 손님이 우르르 식당에 들어왔다. 아빠는 서둘러 일어나 손님들을 맞았다.

"소율아, 뭐라도 정보를 줘야 해."

언니가 포크 끝으로 수박 씨를 골라내며 말했다.

"경찰까지 가고 싶지 않다면, 내가 찾아볼게."

핸드폰을 쥔 손이 떨렸다. 언니가 욕하지 않을까. 더럽다고 하지 않을 까. 이런 애가 네 친구냐고, 경멸하는 눈으로 날 본다면. 그래도 지아를 도울 수만 있다면.

"……아까 받은 거예요."

언니는 내 핸드폰을 유심히 들여다보았다. 지아가 보내 준 캡처였다.

"트위터 디엠이네."

"사실은 제가, 이 꽃님이란 말을 어디 게시판에 썼거든요. 그래서 이 일이 다 알려진 건지도 모르고⋯⋯."

언니는 주의 깊게 내 얘기를 듣다가 부드럽게 말을 막았다.

"잠깐, 소율아. 알았으니까, 찾아보자."

언니는 가방에서 얇은 노트북을 꺼내 펼치고 안경도 꺼내 썼다. 그 메시지의 내용에 대해서는 아무 언급도 하지 않았다. 그런 언니의 태도는 깨끗한 종이에 자를 대고 선명하게 줄을 긋는 느낌이었다. 판단하지 않고, 평가하지 않고, 하기로 되어 있는 일을 그냥 하는 사람.

"우선 누가 네 친구에게 이 메시지를 보냈는지 찾아야지. 일단, 이 사람이 쓰는 아이디를 검색해서⋯⋯ 아, 나온다. 메일도 똑같은 걸로 썼네. 이런 협박을 하는 사람치고 허술하다. 쉬울 수도 있겠어."

언니는 현란하게 마우스를 움직이고 커서를 클릭하고 화면과 화면을 옮겨 다녔다. 순식간에 그 사람이 가입한 사이트들과 쓴 글들이 떴다.

"이건 뭐야, 공무원 시험 준비 카페에 게시글 남긴 게 있어. 공무원 준비하면서 협박 범죄 저지를 생각을 하다니. 제정신 아니네."

언니의 노트북 화면에는 정체를 알 수 없는 프로그램들이 돌아가고 언니는 능숙한 솜씨로 그 사람의 개인 정보를 정리했다. 이름, 나이, 주소, 연락처, 신용카드 내역. 심지어 메일 주소와 비밀번호까지. 입이 벌어졌다. 언니가 보이스 피싱 뉴스를 보며 엄마와 했던 말이 떠올랐다. 논문을 쓰면 이 정도 일은 할 수 있는 건가? 그냥 잘 아는 정도가 아니라 전문가로 보였다.

"전화를 먼저 걸어 볼게. ⋯⋯아, 없는 번호다."

언니는 잠깐 얼굴을 찌푸리는데, 서빙을 마치고 돌아온 아빠가 자리에 앉았다.

"뭐 하는 겁니까?"

"사람을 찾고 있어요. 소율이 친구가 어디 있는지 알 만한 사람인데……"

언니는 키보드에서 손을 떼지 않고 대답했다. 아빠 얼굴이 밝아졌다.

"저기 경찰서에 슬쩍 부탁하면 알아봐 줄 건데. 내 알아볼까요?"

언니는 쪽지에 자기가 알아낸 정보를 썼다. 아빠는 이하록이라는 이름과 생년월일이 적힌 쪽지와 핸드폰을 들고 가게 밖으로 나가고, 언니는 안경을 벗고 눈을 비볐다.

"정식으로 신고하는 게 아니라 별 소득이 없을지 몰라. 신용카드 내역이나 교통카드 쓴 게 뜨면 지금 어디에 있는지 찾을 수 있는데, 신용카드는 정지된 지 한참 됐어. 다른 흔적들도 몇 주 전에 멈췄고. 차라리 부산역 CCTV를 확인하는 게 낫겠어. 근데 그건 아는 사람 부탁 정도로는 안 해 줄 텐데."

그때, 내 전화가 울렸다. 엄마였다. 아, 언니를 쳐다봤다. 언니가 손짓을 했다. 전화를 받자 걱정과 화가 뒤섞인 말들이 쏟아져 나왔다. 나는 몇 마디 중얼거리다가 언니 바꿔 줄게, 하고 말했다. 엄마가 언니? 무슨 언니? 하고 묻는 말이 들렸다.

언니가 전화를 받았다. 스피커폰을 켜지 않아도 밖으로 다 샐 정도로 커다랗게 울리던 엄마 목소리가 순식간에 들리지 않게 되었다.

"네, 어머니. 저희 부산이에요. 놀라셨죠? 연락 드린다는 걸 깜박했네요. 소율이 부산 친구가 아프다고, 바로 가야 한다는 걸 제가 걱정돼서 같이 왔어요. 너무 혼내지 마세요. 네, 친구는 괜찮대요, 좀 엄살을 부렸나 봐요. 제가 소율이랑 같이 있다가 잘 데리고 올라갈게요."

저렇게 거짓말을 잘하는 사람이었나. 말투는 믿음직스럽고, 유쾌하기까지 한데 얼굴은 딱딱하게 굳어 가면을 쓴 것 같았다. 전화를 끊고서야 그 가면은 사라졌다. 언니는 대번 피곤한 얼굴이 되어 의자에 기댔다.

"나 사실 논문 안 써."

언니가 불쑥 말을 꺼냈다.

"박사 과정 그만둔 지 꽤 되었는데 얘기를 안 했지."

"아, 그럼……."

"일하고 있어. 처음엔 논문 쓰면서 아르바이트로 했지. 그런 회사가 있어, 사립탐정 같은. 회사에서 의뢰를 받아 사람을 찾아내는 일이었어. 발로 뛸 필요도 없었어. 컴퓨터 앞에 앉아서 그 사람이 어떤 교통편으로 어디로 갔는지, 뭘 구입했고 뭘 먹었는지까지 다 볼 수 있으니. 재미로 했어. 돈도 벌고."

언니는 컵을 들어 물을 한 모금 마셨다.

"한번은 어떤 여자를 찾으라고 했어. 이름도 바꾸고 다른 주로 간 것 같다고 하더라. 그 여자에겐 딸이 있었고, 그래서 쉬웠지. 아이들은 학교에 가야 하잖아. 엄마 본인은 가명을 쓰더라도 아이를 가명으로 전입시키진 않거든, 보통. 사실 간단했지. 전입 시기와 이름만 알면, 그리고 시스템의 빈틈을 찾아내면 할 수 있는 일이었어. 그렇게 다른 주에 숨은 그 여자를 찾아내서 회사에 정보를 전달했지. 그리고…… 일주일 뒤에 죽었어, 그 여자는."

언니는 또 그 표정이 되었다. 가면을 쓴 것 같은 얼굴. 스스로를 보호하고 싶은 사람이 짓는 표정. 팔에 소름이 돋아 주먹을 꽉 쥐었다.

"그 여자의 전남편이 의뢰인이었던 거야. 남편의 폭력으로 이혼하고 접근 금지 명령까지 받아 냈는데도 전남편이 끊임없이 위협하니까 도망가 숨었던 거였어. 반쯤 미친 그 남자가, 내가 준 정보대로 그 도시로 찾아가서 여자를 쐈어. 남자는 바로 감옥에 갔지만, 그래서 뭐. 죽은 사람이 살아 돌아올 수도 없는데……. 아, 감정적이 되는 거 싫은데."

언니는 눈을 비볐다.

"그 뒤로 일을 바꿨어. 찾아내는 거 말고 숨기는 일로. 결국 같은 일이거든. 찾아낼 수 있는 방법들을 알아야 그 길을 차단하면서 숨을 수 있으니까. 보통은 민간단체에서 많이 의뢰해. 새 출발하고 싶어 하는 사람들, 법이나 경찰도 지켜 줄 수 없는 사람들을 숨겨 주는 거야. ……이건 집에단 비밀이야. 내가 얌전히 박사 논문 쓰고 있는 줄 알 텐데."

언니가 희미하게 웃었다.

집에단, 그 말이 뒤늦게 들어왔다. 언니와 나의 집. 엄마와 새아버지. 절대 이어질 수 없는 것을 하나로 뭉뚱그려 하는 말.

"말 안 할게요."

이어져 있다고 느꼈다. 그건, 지아가 떠난 뒤로는 처음으로 느껴 보는 소속감이었다.

그때 아빠가 가게 문을 열고 들어왔다. 아빠는 당황스런 얼굴로 말했다.

"그 이름과 나이가 맞습니까? 이하록? 그 사람…… 이미 죽었다는데요? 몇 주 전에?"

"누가 그 사람인 척하고 네 친구를 불러낸 거야."

언니는 그런 일들이 흔한 것처럼 말했다. 언니는 몇 가지 경우의 수를 정리했다. 지아를 불러낸 사람을 미지의 X로 놓고, 첫 번째 가능성, 처음에 지아와 사진을 주고받을 때부터 X가 남의 아이디를 써 왔다. 그러니 그는 사진을 가지고 있을 것이다.

두 번째 가능성, 지아와 사진을 주고받은 사람은 죽었다. 그러나 사진에 대해 알고 있는 X가 그 남자인 척 협박하고 있다. 이 경우 X에게는 지아의 사진은 없을 수도 있다.

"협박이라니요, 그게 무슨 소리입니까?"

아빠는 어리둥절해했다.

언니는 대답 없이 손톱으로 노트북 키보드를 톡톡 치며, 초점 없는 눈으로 화면을 들여다보았다.

"그리고 세 번째 가능성. 인터넷에 퍼진 루머를 보고 누군가 낚시를 한 거야. 사진도 없으면서 있는 척. 자기 자신을 숨기려고 다른 사람의 아이디를 이용해서. 이런 경우면 찾기 어려워지는데."

시계는 이미 여덟 시를 가리키고 있었다. 창밖은 환했지만 하늘의 색은 무겁게 짙어지고 있었다.

나는 다시 핸드폰을 잡았다. 제발, 마음을 다해 기도했다. 아무 일도 없어 줘. 내가 빚을 갚게 해 줘. 이백만 원이든 아니 더한 것으로라도.

용서하지 않아도 괜찮으니까, 제발 무사히.

그리고 이번에 내 기도는 이뤄졌다. '지금은 전화를 받을 수 없으니'로 시작되는 기계음 대신 건조한 신호음이 울리기 시작했다.

너무 급하게 자리에서 일어나는 바람에 의자가 뒤로 넘어가 큰 소리를 냈다. 식당 안의 사람들이 놀라 이쪽을 바라보는 게 느껴졌지만 전혀 신경 쓰이지 않았다. 언니가 위치 추적에 대해 뭐라고 했지만 안 들렸다.

신호음이 끊기고, 침묵.

"야! 너 어디야!"

대답이 없었다.

"나 지금 부산 왔다고! 경찰에 신고하기 전에 빨리 어딘지 말해! 진짜 신고할 거야!"

언니가 나가서 얘기하자며 내 어깨를 감싸고 밖으로 나왔다. 뜨거운 공기가 차갑게 식었던 온몸을 감쌌다.

멀리서, 피식 웃음소리가 들렸다. 나는 다른 쪽 귀를 막았다. 그래도 여전히 작게 들렸다.

"부산이라고? 소율이 네가?"

"그래! 너 때문에…… 너 때문에, 내가……."

목이 메었다. 정말 멍청한 짓인데 눈물이 났다.

지아는 한동안 말이 없었다.

"나, 여기……. 네가 얘기했던 데. 높은 데 오니까 바다 잘 보인다. 섬이랑 배랑."

머릿속이 핑핑 돌았다. 내가 뭘 얘기했더라. 부산에 대해. 언젠가 우리가 같이 부산에 가면 내가 보여 주고 싶은 장소들에 대해. 그러면서도 나는 지아에게 계속 소리를 질러 댔다. 거기 꼼짝 말고 있으라고, 안 그러면 진짜 신고할 거라고. 이렇게 외치지 않으면 지아에게 닿지 않을까 봐 두려워하듯.

그 애는 어둠 속 벤치에 혼자 앉아 있었다. 가로등이 비추는 노란 동그라미를 빗겨 나 바로 그 옆에. 예전에 우리는 말한 적이 있다. 빛 바로 옆이 제일 까맣다고. 제일 어두운 곳에 숨으려면 빛 옆으로 가면 된다고. 어둠에 눈이 익으면 다 보이니까, 결코 어둠에 익숙해지지 않도록 빛이 필요하다고.

우리가 매일 저녁을 함께 보내던 아파트 놀이터, 등나무 덩굴 아래 벤치에 앉아서 했던 말이었다. 그때 용두산 공원에 대해 말했다. 엄마 아빠와 함께 찍은 사진 한 장으로 남은 장소에 대해. 엄마와 아빠가 싸우지 않고 보냈던, 아주 드문 날의 기억에 대해.

"나, 가 보고 싶어."

지아가 말했었다. 그때는 그런 미래가 오리라 생각하지 않았다. 지아와 함께 부산에 여행을 가는 일 같은 건 일어나지 않을 거라고. 그런 밝은 상상을 하기엔 정지아는 너무 찌들어 있었고 나는 과거를 감추는 데 급급해하고 있었으니까.

이런 식으로 현실이 될 줄은 몰랐다. 나는 지아 옆에 앉았다. 내 기억보다 훨씬 마른 그 애 옆에. 텔레비전에서 본 것보다 훨씬 작고, 그다지 많이 변하지 않은 그 애의 옆에.

우리 앞으로는 반짝이는 불빛들이 바다 위와 저 너머의 작은 섬들 위에 흩뿌려져 있었다. 벌써 시작된 열대야, 공기 중에 서늘하고 뜨거운 것이 뒤섞여 있다.

마치 아무 일도 없었던 것 같았다. 나는 아직 부산을 떠나지 않은 이소율이고, 내 옆에는 아직 알지 못하는, 어쩌면 친구가 될 수도 있는 낯선 아이가 앉아 있다.

시간을 돌릴 수 있다면 어디로 가야 할까. 어차피 벌어질 일은 다 벌어지는 거라면, 돌아가 봤자 반복할 뿐이라면.

하아, 작은 한숨 소리가 귓가를 스쳤다.

"……배고프다."

지아가 말했다.

주방 아줌마가 상을 차려 주었다. 국밥 네 개. 희한한 풍경이었다. 아빠와 언니와 지아. 전혀 연결 고리가 없는 사람들. 나에게서 뻗어 나간 선으로만 이어진 모임. 이상한 기분이 들었다. 그건 책임감과 비슷했다.

"아무리 힘들고 그래도, 가출을 하면 안 되지, 응? 부모님 걱정시키고……."

아빠는 지아에게 훈계를 늘어놓으려다가 포기했다. 어차피 우리 집에서 제일 많이 가출한 사람이 아빠였으니까. 아빠는 대안을 제시하기에 적합한 사람은 아니었다.

지아는 띄엄띄엄 말했다. 그 남자를 만나지도 못했고, 발길 닿는 대로 헤매다 용두산 공원까지 간 거라고 했다.

"남자? 그건 무슨 소리냐? 그, 죽었다는 사람이랑은 무슨 관계인 건데? 거기, 소율이 친구야, 니 이름이 뭐라고?"

"아빠."

내가 아빠를 막았다.

"그냥 좀 묻지 말아 주라. 부탁이야. 도와줘서 고마워."

부탁, 고마워. 아빠에게 이런 말을 또 한 적이 있었던가? 아빠 눈이 커졌다. 아빠는 잠깐 고민하는 듯하더니 그래, 하면서 부엌 쪽으로 갔다. 부엌에서 이쪽을 기웃대던 주방 아줌마가 아빠 어깨에 손을 올리는 것이 보였다.

"……죽었다고요?"

차에서도 내내 입을 다물고 있던 지아가 물었다.

"네게 말을 건 아이디, 그 아이디의 주인은 사망 신고가 되어 있었어. 누군가 그 사람 아이디를 도용한 거지. 그러니 네게 말을 건 사람이 정말로 사진을 가지고 있는지는 알 수 없어."

언니가 대답했다.

모든 게 불확실했다. 혹 그 사람에게 사진이 없다 해도 지아가 보낸 그 문제의 사진들과 캠의 흔적들은 어디엔가 흩어져 있다. 다른 누군가 그런 증거들을 가지고 나온다면 어떻게 해야 하나. 아예 인터넷에 뿌려 버린다면?

지아의 눈에 서린 절망을 보기 힘들었다. 거의 날아갈 듯했던 지아는 다시 땅바닥에 주저앉았다. 나도 그 애가 묶인 끈을 잡아당긴 사람 중

113

하나였다.

"도와줄까?"

언니가 지아에게 물었다. 내게 물었던 것과 같았다. 상담 같은 거? 보호기관에 가는 거? 아니, 언니는 뭔가 할 수 있을 것이다.

"도와주세요."

나는 말하고서, 탁자에 걸쳐져 있던 지아의 손을 잡았다. 손은 도망가려는 듯 움츠려 들었다. 차갑고, 가늘고, 딱딱한 손이었다.

언니는 노트북을 열었다가 닫았다.

"하얀 공들 틈에 빨간 공이 하나 있으면 눈에 띄겠지. 하지만 거기다가 비슷한 빨간 공을 한 아름 집어넣으면 처음의 그 공을 골라내기 어려워져. 그런 식으로 하는 거야."

언니는 지아를 숨기기 위해, 지아와 비슷한 가상의 인물들을 만들어 내는 것에 대해 설명했다. 지아와 닮았지만 결코 지아는 아닌 인물들을 만들고, 그런 애가 정말로 있다고 증언할 또 다른 가상의 친구들을 만들어 웹에 심어 놓을 거라고 했다. 시간을 거슬러 올라가 정보들을 삽입해 두어서, 누군가 과거의 그 꽃님이 사진을 보더라도, 그래서 그 꽃님이를 추적하더라도 지아에게 오는 게 아니라 그 가상의 인물에게 도달하도록 만들 수 있다고 했다.

"한 명이 아니라 여러 명 만들 수도 있어. 어떤 꽃님이는 외국으로 갔고 어떤 꽃님이는 이미 죽었고. 어쩌다가 진짜 너에게 다다르는 경우도 있겠지만 아니라고 부인하기 쉬워지는 거지. 다른 가능성들이 있으니까. 넌 아니라고만 하면 돼. 그런 적 없다고."

114

지아의 얼굴에 처음으로, 희망이라고 할 법한 것이 떠올랐다. 지아가 입을 열었다.

"……그렇게 할 수 있어요?"

"시간도 걸리고 계속 관리도 해 주어야 하지만 해 줄 수 있어. 비용은 걱정 마. 소율이에게 청구할 테니까."

언니는 말했다. 나만이 그 뒤에 숨은 장난기를 읽어 낼 수 있었다. 지아가 혼란스러운 표정으로 날 봤다. 나는 고개를 끄덕였다.

"그래도 끝까지 따라올 거야. 한번 누가 터뜨리기라도 하면 계속 수면에 올라올 거고, 맞느냐고 물어보는 사람도 많을 거야."

"아니라고 할 거예요."

지아는 떨리는 목소리로 말했다. 언니는 지그시 지아를 보았다.

"거짓으로 사는 건 쉽지 않아. 평생 짐이 될 거야. 중간에 네 마음이 달라질 수도 있지. 도망 다니느니 맞닥뜨리겠다고 생각하는 날이 올지도 몰라. 내가 하는 건, 네가 제대로 결론을 내릴 수 있을 때까지 시간을 벌어 주는 일이야. 아직은 어려, 미뤄 둬도 돼. 네가 할 수 있는 거, 하고 싶은 거 맘껏 해도 돼."

언니는 말끝에 길게 한숨을 쉬었다. 지독히 피곤해 보였다.

"그럼, 네 이야기를 나한테 다 해 줘야 해. 네가 어떻게 살아왔는지, 무엇을 좋아하는지. 어떤 사이트를 이용하고 무슨 쇼핑몰에서 물건을 구입한 적이 있는지, 어떻게 살았는지. 그래야 네 도플갱어를 만들 수 있으니까. 아니, 지금은 말고. 천천히, 천천히 하자. 일단 서울 가서."

나는 충동적으로 입을 열었다.

"오늘 우리 집에서 자도 돼. 우리 집에 가자."

서울에 오고 한 번도 친구를 집으로 부른 적은 없다. 거기는 내 집이 아니었으니까. 하지만 지금은 달랐다. 엄마는 당황할 것이다. 하지만 언니와 같이 있으니 괜찮다. 어쩌면…… 새아버지는 도리어 기뻐할지도 모른다.

언니가 서울로 올라가는 KTX를 예매하는 동안, 지아와 나는 남은 국밥을 먹었다. 나는 의자에 올려놓은 지아의 가방을 건드렸다가 무의식적으로 손을 뺐다.

"없어, 칼. 버렸어."

지아가 피식 웃으며 말했다. 저렇게 웃는 아이였던가. 다신 퍼지지 않을 주름이 깊게 파인 웃음이었다.

"부산이라고 해서, 네 생각이 났어."

지아가 중얼거렸다.

"……소율이 네가 진짜 올 줄은 몰랐어."

나는 지아에게 어떤 의미일까. 잊고 싶은 과거의 망령 중 하나일까. 그렇다 해도 내게는 갚아야 할 것이 많았다. 박윤주의 핸드폰에 대해. 그 애를 모욕했던 것에 대해. 그리고 꽃님이, 그 말을 입 밖에 냈던 것에 대해. 그 또한 천천히. 갈 길은 멀고 보내야 할 시간도 많으니까.

아빠는 바로 올라갈 거란 말에 내심 반가운 눈치였다. 집이 더럽다는 둥, 이불이 마땅치 않다는 둥 묻지도 않은 변명을 늘어놓았다.

주방에서 분주히 설거지를 하는 아줌마를 눈짓하며 물었다.

"아빠 만나는 사람이야?"

아빠는 화들짝 놀라 아니라고 말했다. 얼굴이 붉어지고 눈빛이 흔들리는 게 뻔했다.

"됐어. 엄마는 결혼도 했는데, 무슨."

진심이었다. 연결되어 있다, 그 생각이 다시 들었다. 아빠는 내 과거가 아니라 현재이고, 아빠의 미래는 내 미래이기도 하다. 그게 짐처럼 느껴지지 않았다. 나중에 또 무슨 일이 생겼을 때 여기로 이렇게 올 수도 있으리란 생각까지 들었다.

아빠가 부른 택시가 가게 앞에 섰다.

"가자."

언니가 유리문을 밀어 열었다. 우리는 어둠 속으로. 맞서 싸워야 할 것이 아주 많을 세상 속으로 함께 걸어 나갔다.

그리고 세용

　부산역으로 향하는 버스에 올라 의자에 앉았다. 교복을 입은 여학생들의 웃음소리가 경쾌했다. 꽃님이는 어떤 성격일까? 닉네임이 너무 촌스러웠다. 부산으로 혼자 오는 여고생은 나보다 더 용감할지도 모른다. 나는 그 나이 때나, 지금이나 무작정 집을 떠나겠다는 마음을 먹지 못했고, 여권 위에 먼지만 수북하게 쌓여 갔다. 소녀를 만나면 훌쩍 떠나는 노하우를 물어야겠다.

　버스가 부산역에 도착했다. 대합실 전광판을 보며 열차 도착 시간을 살폈다. 꽃님이 탄 열차가 이미 플랫폼으로 들어왔다. 약속 장소인 1번 승강장 앞에 서성거리며 지나가는 소녀들의 눈동자를 바라보았다. 다들 눈살을 찌푸리며 발걸음을 재촉했다. 변태로 오해한 것 같았다. 나도 어린애들한테는 관심이 없다고, 내 마음은 다른 사람에게 있다고 귀띔하고 싶었다.

열차 창문에 비친 얼굴을 눈여겨보았다. 며칠째 면도를 하지 않아 수염이 덥수룩해 마흔 살로 보였다.

어젯밤 노숙 소년이 공중전화에서 남긴 음성 메시지를 다시 들었다.

"요즘 심부름 알바를 하는데, 내일 오후 부산역에서 여고생을 만나 물건을 받아야 합니다. 그 시간에 시청에서 복지 신청 면접이 잡혀서 못 가겠어예. 형님이 대신 가 줄 수 없어예? 제 인생에 정말 중요한 일입니다. 일을 무사히 끝내시면 한우를 쏘겠습니더!"

녀석은 내가 이 일을 해 주리라 확신하고 있었다. 그러니까 내 대답을 듣지도 못하는 음성 녹음으로 연락을 한 것이다. 전달받아야 하는 물건이 무엇인지 말하지 않았다.

십 분이 지났지만 꽃님인지, 머리에 꽃을 꽂은 광녀인지, 알 수 없는 그 누구도 오지 않았다. 꽃님이에 대해 아는 것이 하나도 없어 이산가족 찾기보다 힘들었다.

반바지와 티셔츠를 입은 수많은 사람들 사이에서, 교복을 입은 남학생이 눈에 들어왔다. 모범생이라고 광고를 하는 것 같았다. 남학생도 사방을 둘러보면서 하품을 해 댔다. 교복이 잘 어울리는 꽃미남이었지만 눈곱과 스팀다리미로 세게 누른 것 같은 뒷머리가 옥에 티였다.

녀석의 이름은 권차호. 꼼꼼한 성격은 분명 아니었다. 교복 상의에 붙은 이름표를 떼지도 않고 부산까지 왔다. 노숙 소년이 보았다면 개인 정보의 중요성을 강조하며 욕을 했을 것이다.

다시 소녀 찾기에 몰입해 사방을 두리번거리고 있었다. 한 소녀와 눈이 마주쳤다. 노란색 모자를 푹 눌러쓰더니 주변을 살피며 천천히 걸어왔다.

"혹시 플라워? 꽃님이 님?"

목소리가 너무 커서 대합실이 울렸다.

꽃님이라는 이름이 근거 없는 자만은 아니라고 얼굴이 증명했다. 아주 뛰어난 외모는 아니지만 주목받을 수 있는 얼굴이었다. 꽃님이는 입을 다문 채 나를 바라보았다. 얼굴에서 그늘을 보았다면 거짓말일까?

"후배가 물건을 받아 오라고 부탁해서 심부름 왔어요!"

"심부름? 거짓말하는 거 아니에요?"

소녀의 목소리가 떨렸다. 나는 핸드폰의 음성 메시지를 들려줬다. 소녀가 깊은 한숨을 내쉬었다.

"나한테 건네 줄 물건이 뭐예요?"

생각해 보니 이 상황은 마치 마약을 거래하거나, 간첩을 접선하는 분위기였다.

"아저씨가 알 거 없잖아요!

"나 아저씨 아니야! 그리고 여고생이 얼마나 비싸고 중요한 물건을 건넨다고 비밀이래?"

"본인더러 직접 오라고 해요. 나도, 확인할 게 있단 말이에요."

소녀의 눈동자에 실핏줄이 선명했다. 분위기가 무거워져 더 물어볼 수 없었다. 도대체 소녀의 정체가 무엇일까?

소녀가 가방에서 신문지로 감싼, 과일칼을 꺼냈다. 잘 벼려진 칼날이 눈부신 여름 햇빛을 받아 반짝거렸다. 꽃님이는 여름 더위를 잘못 먹어 완전히 미쳤다!

도망치듯 부산역을 빠져나왔다. 죽고 싶다고 생각했지만 나는 간절하게 살고 싶었나 보다.

후끈한 열기와 먼지 냄새가 광장을 가득 메웠다. 꽃님이를 피해 급하게 뛰다가 그늘 아래 쭈그려 앉았다.

"형님, 한참 찾았잖아예. 면접 심사가 며칠 뒤로 연기되어서 부랴부랴 왔어예."

소년이었다.

"꽃님인지, 머리에 꽃을 달 미친년이 물건 대신 칼을 들고 왔더라! 심부름 알바도 함부로 하지 마라."

"칼예? 형님 덕분에 목숨 구했네예!"

녀석이 음료수를 내밀었다. 고맙다는 말을 할 틈도 없이 단숨에 마셨다.

"세상에는 공짜가 없다더니! 돈 벌기는 글렀네예. 한우도 다음에 먹어예."

녀석은 자꾸 부산역 쪽을 힐끗거렸다.

"지금 한우 타령할 때가? 칼 들고 와서 하마터면 죽을 뻔했다. 근데 무슨 심부름이가?"

"심부름 대행 알바하는 거라서 잘 몰라예. 위험한 일들이 가끔 있어예! 그럴수록 돈을 더 많이 받고!"

소년이 일어나서 허리 운동을 했다. 허리는 24인치 정도 될 것 같았다.

"돈도 좋지만 몸이 더 소중한 기다. 밥 좀 많이 먹어라. 태풍 불면 자갈치 시장 앞 바다로 날아가겠다."

"태풍 불 때는 서울에 있을 낍니더."

"서울에 왜 가는데?"

"부산을 떠나서 큰물에서 열심히 공부하고 세상 구경할랍니더!"

역시 소년은 나와 완전히 달랐다.

나는 아버지와 부딪히지 않으려고 자유를 포기한 채 착한 아들 코스
프레를 했다. 아버지는 하나뿐인 아들에 대한 기대가 너무 커서 머리 스
타일부터 옷차림, 성적, 친구 관계까지 간섭했다. 뜻을 거스르려고 하면
큰 갈등이 시작됐다. 착한 아들로 사는 것이 편하다는 것을 알게 됐다.

실업계 고등학교로 진학하고 싶었지만 아버지는 허락하지 않았다. 인
문계에서 삼 년 동안 개근했지만 하위권 성적이었다. 착한 아들 연기는
만성 체질이 되어 버렸다. 전문대학에 진학하려고 했지만 아버지가 반
대하는 바람에 재수해서 지방대학 사학과에 들어갔다. 공무원 시험 준
비도 마찬가지였다. 아버지에게 반항해서 꿈을 좇았다면 삶은 달라졌을
까?

녀석은 핸드폰을 꺼내 트위터에 접속했다. 내가 가까이 다가가자 벌
떡 일어나 정류장 쪽으로 걸어갔다.

나는 집으로 향하는 버스에 올랐고, 녀석은 약속이 있다며 남포동 쪽
으로 걸어갔다.

현관문을 열었다. 느끼한 기름 냄새가 나를 맞이했다. 식탁에 전 부
치는 재료가 가득했다. 할아버지의 기일을 잊고 있었다. 아버지 형제가

없어 손님도 없는 제사지만 부모님은 하루 일을 쉬고 제사를 챙겼다.

"이놈아, 면도 좀 해라! 젊은 놈이 허구한 날 검정색 셔츠만 입고 돌아 댕기니까 얼굴이 칙칙하지! 쫌 밝게 입어야 좋은 일도 생긴다!"

어머니는 고무장갑을 끼고 채소를 씻었다. 이마에 주름이 가득한 어머니와 얼굴이 검게 그을린 반백의 아버지. 서른 살 내 현실을 깨닫게 했다.

소파에 앉아 있는 아버지는 엔화를 계산하고 있었다. 그 옆에는 엔화 금고인, 스테인리스 압력솥이 있었다. 아버지의 선견지명은 탁월했다. 유가가 떨어지고 북한이 핵을 쏘고, 세계 경제가 심상치 않아 안전 자산인 엔화가 폭등했다. 예지 능력이 좋은 아버지는 내가 시험에 탈락해 거액을 날린다는 것을 미처 몰랐을까?

"니 책꽂이에 공무원 시험 책 몇 권 없어졌던데, 또 시험 준비하려면 책을 좀 챙겨야 할 낀데!"

아버지는 내 일상을 눈여겨보고 있었다. 한 치수 작은 티셔츠를 입은 듯 몸이 갑갑했다.

현관문이 열렸다.

"세용아, 방꾸석이 휴전선이가? 이십사 시간 동안 안 지키면 누가 쳐들어오기라도 하나?"

잔소리계의 대모인 뚱뚱한 이모가 들어와서 집이 더 좁아졌다. 이모의 목소리는 출항을 앞둔 여객선의 뱃고동 소리 같았다.

방문을 닫았다. 오 센티미터 두께의 방문이 가족들과 나를 철저하게 분리시켰다. 방은 나만의 안전지대였다. 에어컨 바람이 들어오지 않았지만 무더위는 견딜 수 있었다.

컴퓨터를 켜고 귀에 이어폰을 꽂았더니 세상으로부터 완벽하게 동떨어질 수 있었다. 라디오에서 음악이 흘러나왔다. 노량진에 들어갔을 때, 길에서 자주 흘러나오던 노래였다. 이스케이프가 좋아하는 작곡가의 노래. 왜 이 곡이 명곡인지 설명할 때 생기 넘치던 표정을 잊을 수 없다. 노래 덕분일까. 이스케이프와 했던 시간들이 파노라마처럼 머릿속을 지나갔다.

카페에 접속해 이스케이프가 남긴 글들을 훑어보았다. 고등학생 때부터 쓴 글이었다. 음악 대학 작곡과 진학을 포기하고, 왜 노량진 고시촌에 들어오게 되었는지 진솔하게 담겨 있었다. 아르바이트를 하며 공부하는 고단함, 시험에 떨어질 때마다 흔들리는 마음을 고스란히 옮겨 놓았다. 가끔 나에 대한 이야기도 있었다.

수없이 읽은 탓에 이제는 오탈자까지 기억한다. 이스케이프의 소개로 이 카페를 알게 되었는데, 이젠 혼자 카페를 지키고 있다.

이어폰도 이모의 '조카를 위한 조언'을 막지 못해 볼륨을 더 높였다. 가족들이 모두 집에 있어서, 군대에 있을 때보다 시간이 늦게 흘러가는 하루였다. 제삿날이지만 이모가 와서 도와줄 뿐 더 이상 찾는 사람이 없었다. 아버지가 할머니의 뱃속에 있을 때, 할아버지가 세상을 떠났다. 유복자인 아버지는 할아버지 얼굴을 기억하지 못했고 형제도 없었다.

노숙 소년이 아들이었다면 아버지와 어떻게 지냈을까? 녀석도 나처럼 착한 아들 코스프레를 했을까?

선풍기가 역할을 제대로 해내지 못해 티셔츠가 금방 땀에 젖었다. 옷장을 열었다. 하늘색 티셔츠와 살구색 남방이 포장도 뜯어지지 않은 채 들어 있었다. 엄마가 일하는 마트의 스티커가 붙어 있었다. 하늘색 티셔츠로 갈아입었다. 검은색보다 훨씬 산뜻했고, 몸에 딱 맞았다. 살이 쪄서 일 년 사이에 XL 사이즈로 바뀐 것을 엄마는 알고 있었다.

낮잠을 자고, 틈틈이 잔소리를 듣고, 잠깐 동안 쏟아지는 소나기를 구경하고, 저녁을 먹었다. 가족들과 한 공간에 있는 날이 낯설었다. 차라리 모르는 사람들과 있는 것이 좋을 것 같았다. 혼자 시끄럽게 떠드는 텔레비전이 없었다면 침 삼키는 소리까지 들릴 만큼 조용한 공간. 텔레비전이 정말 고마웠다.

아홉 시에 제사가 끝났다. 이모는 먹을거리를 챙겨 대문을 나가다가 황급히 돌아와 현관에 십만 원을 두고 갔다. 용돈을 줄 때는 잔소리를 하지 않고 인심 좋게 웃었다.

어머니는 일찍 잠자리에 들었다. 아버지는 야간 근무자가 결근해 대신 일하러 가야 했다. 출근할 때마다 입는 낡은 면바지와 빛바랜 남방 대신 등산복을 입었다. 당연히 구두 대신 싸구려 운동화를 신었다. 이른 아침에 정원 가지치기를 할 모양이다.

거실 소파에 혼자 우두커니 앉아 창문을 열었다. 멀리서 들려오는 뱃고동 소리에 몸이 떨렸다. 저 배는 어디로 향하는 걸까?

어김없이 눈부신 햇빛이 강하게 내리쬐는 아침이었다. 너무 더워 늦잠을 잘 수 없었다.

아홉 시였다. 일찍 일어날 필요도 없고, 갈 곳도 없어 평소와 다르지 않은 하루였다. 방문을 열었다. 안방에서 아버지의 코 고는 소리가 들렸다. 야간 근무를 마치고 지금쯤 퇴근할 텐데, 여느 때와 다르게 일찍 돌아왔다.

부엌으로 가다가 무심코 현관을 보았다. 흙덩어리가 곳곳에 떨어져서 지저분했다. 아버지의 운동화에 흙이 잔뜩 묻었다. 밤에 아파트 화단 청소를 했나 보다. 아들은 휴전선을 지키듯 방구석을 지키고 부모님은 밤낮으로 일하러 가는 현실을 낡은 운동화가 친절하게 말해 주었다. 구석에 놓인 아버지의 구두가 눈에 들어왔다. 아버지 표현을 빌리면 아직 멀쩡했다. 엔화가 폭등해서 공돈이 생기면, 나에게 공무원 시험을 준비하라고 등을 떠밀지 말고, 백화점에 가서 당신이 신을 좋은 구두나 샀으면 좋겠다.

밥맛이 없어서 욕실로 들어가 세수를 하고 컴퓨터 앞에 앉았다. 햇빛이 나를 질타하는 것 같아 커튼을 쳐서 방어했다. 무엇을 하며 시간을 때울까? 쓸데없는 고민을 하며 방랑자 게시판에 들어갔다. 새로운 글 중에 '비밀번호'라는 제목이 시선을 붙잡았다.

작성자는 '가자', 처음 보는 닉네임이었다. 왜 닉네임을 가자로 정했을까? 호기심이 생겨 글을 읽었다.

인터넷 사이트에 가입할 때, 비밀번호를 정하는 짧은 순간의 이야기를 진솔하게 풀어냈다. 가자는 왜 비밀번호를 4자리로 하는지에 대해 궁금증을 품고 있었다. 인생 선배로서 답을 말해 주려고 인터넷 검색을 했으나 그 까닭을 알 수 없어, 포털 사이트 지식 코너에 질문을 남겼다.

통장 비밀번호, 현관문 비밀번호 4자리가 떠올라, 그 숫자로 정하게 된 사연을 댓글로 남겼다. 현관문 비밀번호는 이 집에 이사 온 날이었다. 무의미해 보이는 아라비아 숫자 4개의 조합에 자신의 삶이 긴밀하게 연결되어 있었고 무의식도 담겼다는 것을 알게 됐다.

여러 가지 댓글이 달렸다. 비밀번호를 정하는 순간의 마음은 다들 비슷했다.

다른 글을 읽을 때, 핸드폰이 울렸다. 051로 시작하는 전화. 발신지는 부산이었다. 인터넷 가입 권유나 보험 판매였다. 오늘은 몇 분이나 통화할 수 있을까? 최고 기록 삼십 분을 경신하길 고대하며 통화 버튼을 눌렀다.

"형님, 접니더!"

노숙 소년이었다.

"알아보겠다던 복지 지원은 잘됐나?"

"아직 확정이 안 됐네예. 아버지가 살아 계신데 보호자 역할을 안 한다는 것을 증명할 방도가 없네예. 그것 때문에 물어볼 게 있는데, 우리 아버지 서류를 확인해 보니까 영도에 오래 살았다는데 산복도로 중턱에 있는 남산동 압니까? 정확한 이름이 아닐 수도 있꼬요."

생기가 사라진 푸석푸석한 목소리는 소년과 어울리지 않았다.

기억을 더듬었지만 남산동이라는 지명은 처음 들었다.

"서류를 보니까 아버지는 이십 년 전에 영도로 옮겨 오셨대예. 형은 언제 이사 왔어예?"

"영도에 이사 온 날이라? 생각 좀 해 보자! 그때가 내가 육학년 개학하는 날, 이사 왔으니까 한 십칠 년이 넘었네. 오래 살아서 영도에 빠삭

한데 그런 동네는 없는데, 영도 한번 같이 돌아보까?"

"오래전에 이사 온 날을 정확하게 기억하시네예. 역시 기억력 최고네예. 시청에 가서 알아보고 안 되면 연락할께예. 고맙습니더! 여러 가지로 많은 은혜 잊지 않겠습니더."

소년이 잠깐 머뭇거리다가 한 가지 미션을 남겼다. 오늘 밤, 보수동 헌책방 '책 도둑'이 문 닫기 한 시간 전에 가서, 삼겹살과 관련된 제목의 책을 모두 꺼내 보라고 했다. 행운이 올 거라고 강조했다. 무슨 일이냐고 물었을 때는 통화 종료를 알리는 기계음이 들렸다.

엉뚱하면서도 생각이 깊은 녀석이 꾸민 짓이 기대가 됐다. 행운이라는 단어도 마음을 흔들어 놓았다. 당장 헌책방에 가서 모든 책을 샅샅이 살피고 싶지만, 소년이 정한 시간은 밤 열한 시였다.

가슴이 두근거려 집에 있을 수 없었다. 오랜만에 느끼는 활력이었다. 소년에게 전화를 해 미션을 오후로 앞당겨 달라고 말하고 싶었다. 시계에 적힌 숫자 12를 보자, 신데렐라가 된 것 같아 더 조바심이 났다.

부엌에서 시원한 물을 마시며 마음을 가라앉혔다. 소년이 남긴 말 중에, 은혜라는 단어가 귓가를 맴돌았다. 서른 살 동안 살면서 내게 도움을 받았다는 사람은 소년과 이스케이프뿐이었다. 오히려 내가 두 사람에게 도움을 받았지만 고맙다는 말을 하지 못했다. 언제쯤 그 말을 할 수 있을까?

아버지가 거실로 나왔다. 버릇처럼 압력밥솥 금고를 열고, 엔화의 안녕을 확인했다.

오후 늦게 집을 나와 산책로를 걸었다. 나무가 우거진 숲길은 햇빛이 잘 들지 않아 서늘했다. 어제 내린 소나기 때문에 땅이 질척거려 운동화가 금세 더러워졌다. 모기가 종아리에 달라붙어 따끔거려 더 이상 올라가고 싶지 않아 남포동으로 향했다. 소년이 남긴 미션 때문에 시간이 늦게 흘러갔다.

이모가 준 용돈으로 배를 채우고, 여기저기 어슬렁거렸다. 해가 저물어 차츰 어두워지고, 가로등에 불이 들어왔다. 피시방에서 시간을 죽이다가 보수동 헌책방 쪽으로 옮겼다.

가장 늦게까지 문을 여는 '책 도둑' 간판이 골목을 환하게 비추었다. 빨리 오라고 손짓하는 것 같았다.

주인은 꾸벅꾸벅 졸고 있었다. 조용한 책방에 밤늦게 갔더니 책 절도단이 된 기분이다.

문 닫는 시간까지 한 시간 정도 남았다. 시간이 촉박했다. 왼쪽 책꽂이부터 살피며 삼겹살과 연관된 제목의 책을 찾았다.

『돼지 기르기』, 『돼지들에게』, 『아기 돼지 삼 형제』, 『낭만 삼겹살』, 『돼지꿈』…… 제목을 보며 책을 꺼냈다.

많은 책을 훑어보았지만 소년이 준 미션을 찾을 수 없었다. 그사이 삼십 분이 훌쩍 지나, 아저씨가 문 닫을 준비를 했다.

눈에 힘을 주고 제목에 집중하며 책장을 훑었다. 눈이 아파 제목이 흐릿하게 보였지만 포기할 수 없었다. 삼겹살과 관련된 제목을 살펴보다가 삼겹살 공포증에 걸릴 것 같았다. 녀석이 남긴 미션은 고기를 끊고 살을 빼라는 것인가?

시계를 보며 다시 눈을 부릅떴다. 마지막 책꽂이에 있는 『돼지가 한 마리도 죽지 않던 날』이라는 제목이 눈에 들어왔다. 돼지가 한 마리도 죽지 않으면 삼겹살을 먹을 수 없다!

그 책을 꺼냈다. 책 사이에 껴 있던 편지 봉투가 바닥에 떨어졌다. 아저씨의 눈을 피해 봉투를 집었다. 복천사라고 적힌 봉투 속에는 편지와 함께 오만 원짜리 지폐가 들어 있었다.

어젯밤 절에 기도하러 온 아저씨를 만났어요.

가출해서 절에서 자는 저를 보더니 나쁜 짓 하지 않고 기특하다며

용돈을 주셨어요. 활기 넘쳐서 좋다고 칭찬도 해 주셨어요.

절반을 형에게 드립니다.

『돼지가 한 마리도 죽지 않던 날』 제가 정말 좋아하는 책이에요.

이 책을 읽으면 혼자서도 뭐든 할 수 있는 자신감이 생겨요.

형에게 선물합니다. 아버지가 살아 계셔서 국가 지원을

받기 힘들지만 포기하지 않고 서울에 가서 제 꿈을 이룰게요.

도와주셔서 감사 드려요. 훗날 같이 한우 먹는 그 날을 기다리며!

형에게 꼭 하고 싶은 말이 있습니다.

너무 착하게 살지 마이소! 부탁입니더!

세상이 그리 호락호락하지는 않아예.

글씨체가 어른스러웠다. 뭘 하든 빈틈없이 야무지게 해내는 녀석이었다.

서점을 나가 어두컴컴한 골목을 둘러보았다. 녀석이 숨어서 나를 지켜보는 것 같아 이름을 부르려다가 멈칫거렸다. 소년의 이름을 모른다. 다시 편지를 꺼내 읽었다. 마지막 문장에서 녀석의 목소리가 들리는 것 같다.

느닷없이 생긴 오만 원짜리 지폐를 만지작거렸다. 공돈이 생겼지만 들뜨기는커녕 주변 공기가 스산했다. 이 돈으로 제주산 삼겹살을 맘껏 먹을 수 있지만 같이 갈 사람이 없었다.

『돼지가 한 마리도 죽지 않던 날』, 어떤 내용인지 궁금해 가로등 아래 쭈그리고 앉아 책을 넘기다가, 선물 자랑을 하고 싶어 방랑자에 접속해 글을 남겼다.

형이 좋은 사람이라서 소년이 마음을 열었을 거예요.
형을 멘토로 삼은 소년이 부럽네요!^^

닉네임 가자가 댓글을 달았다. 녀석이 이제 카페의 새로운 죽돌이로 등극했다.

산복도로를 걸어 집 근처에 도착하니 새벽 한 시였다. 개 짖는 소리가 들릴 뿐 골목이 조용했다.

현관문을 열었다. 어머니가 바닥에 주저앉아 있었다. 식탁 아래 스테인리스 압력솥이 뒤집힌 채 나뒹굴었다.

"세용아, 이 일을 어짜노! 엔화를 도둑맞아따!"

어머니가 울먹거렸다.

압력솥에 보관한 백만 엔 중 절반이 사라졌다. 육백만 원으로 바꿀 수 있는 돈이었다. 도둑은 왜 절반만 가지고 갔을까? 양심이 있는 놈이라고 추켜세워야 하는 것일까? 어떻게 냄비 속에 돈이 있다는 것을 알았을까?

안방이나 내 방 모두 멀쩡했다. 도둑은 단번에 엔화를 챙겨 달아난 것이다.

아버지가 일찍 퇴근했고 곧 순찰차가 도착했다. 동네 사람들이 몰려들었다.

아버지를 보는 순간 그 돈이 없어져서 다행이라고 생각했다. 공무원 시험을 준비하라고 말하지 않을 테니까. 도둑에게 고맙다고 말하고 싶었다.

"창문으로 들어온 흔적은 없고예. 방충망도 말짱하고 현관문으로 들어왔네!"

경찰은 카메라로 범죄 현장을 찍었다.

사건 발생 시각은 열한 시와 열두 시 사이였다. 나는 서점에 가 있었고, 아버지는 출근하고, 어머니는 마트에서 퇴근하지 않았다. 그 사실을 잘 아는 사람이 현관문을 당당하게 열고 들어왔다. 경찰은 도어락 비밀번호를 아는 사람이라고 확신했다. 누구일까? 현관문을 열 때, 멀리서 지켜본 것일까? 천장에 몰래카메라가 있는지 살펴보았다.

이모가 떠올랐지만 입 밖으로 꺼내지는 않았다. 상상력이 너무 부족하다는 것을 바로 알아챘기 때문이다. 남포동에 작은 건물을 소유한 이모가 육백만 원을 훔치러 뚱뚱한 몸을 이끌고 밤에 올 리가 없다. 손을 주머니에 넣었다가 오만 원짜리 지폐를 만지작거렸다.

소년은 왜 밤에 서점에 오라고 했을까? 하지만 곧 의심을 거두었다. 녀석은 우리 집의 위치도, 비밀번호도 모른다.

"아이고 우짜노, 내가 어떻게 모은 돈인데! 저 양반이 아들 공부 시켜 보겠다고, 그래 고생해서 모은 돈인데!"

어머니가 경찰을 붙잡고 하소연을 했다.

어머니의 입가에 주름이 너무 많았고, 얼굴에 기미가 꼈다. 티셔츠의 목 부분이 늘어나 버릴 때가 되었는데도 입고 있었다. 새 옷을 사서 입을 사람은 어머니였다. 경찰이 나를 흘깃 바라보았다. 집안 상황을 파악한 듯싶었다. 나를 한심하게 보고 있다고 생각한다면 지독한 자격지심일까?

"이 집 근처에는 CCTV가 없어서 증거를 찾는데 시간이 많이 걸리겠어예. 범인이 가족이나 친척일 수도 있겠네예. 냄비 속에 돈을 숨긴 거는 어떻게 알았지? 집에 현관문 비밀번호를 아는 사람이 누구누구 있능교?"

경찰은 수첩에 여러 가지 정보를 받아 적었다.

두 가지 정보를 모두 아는 사람은 우리 가족뿐이었다.

"내가 훔쳤으면 지금 집에 와 있겠습니꺼? 저는 돈이 필요 없습니다!"

급하게 말하느라 침이 튀었다. 훔칠 의지가 없다는 말은 하지 않았다. 아버지는 침대에 앉아 아무 말도 하지 않았다. 아들을 공무원 시험에 합격시키겠다는 계획이 물거품되어 버렸으니 충격을 받는 것은 당연했다.

경찰들이 돌아갔다. 어머니는 에어컨을 틀고 소파에 드러누웠다.

"내가 은행에 맡기라고 신신당부를 했는데, 마 잘됐네! 잘됐어! 자기집 경비도 못 하면서 무슨 아파트 경비를 하노! 현관문 비밀번호 똑띠 바꾸쇼!"

현관문 도어락 상자를 열고 번호를 초기화시켰다. 네 자리 숫자를 어떻게 정할까 고민하다 카페에 올라온 비밀번호 관련 글이 떠올랐다.

카페에 접속해 게시판을 훑어보다가 나는 내 눈을 의심했다. 닉네임을 한 글자씩 읽었다. 손이 떨려 핸드폰을 바닥에 떨어뜨렸다. 다행히도 전원이 꺼지지 않았다. 다시 켜지는 이십 초 동안 심장이 멈출지도 모른다.

어머니가 도어락 비밀번호를 바꾸라고 소리쳤다. 현관문을 닫고 밖으로 뛰어나가 아무도 없는 골목길 구석으로 갔다. 다리가 후들거렸지만 침착하게 핸드폰을 들여다보았다.

이스케이프가 일 년 만에 글을 남겼다. 하루에 수십 번씩 카페에 들락거렸던 보람이 있었다. 글을 보니 그녀가 확실했다.

고등학생 때 일본어를 조금 배웠는데, 지금 일본에서 워킹홀리데이를 해요. 가정 형편 때문에 꿈을 포기하면 후회하게 됩니다. 도전하면 열린다고 믿고 저도 열심히 하려고요. 문득 한국이 그립고, 고등학생 때가 떠올라 방랑자에 글을 남겨요. 여러분, 파이팅!

글 아래에는 일하는 카페 사진을 올렸다. 우리나라 카페와 다르지 않은 가게였다. 계산대 옆에 서 있는 그녀의 모습이 작게 나왔다. 다른 사람은 정확하게 볼 수 없지만 내 눈에는 그녀의 모습이 또렷하게 보였다. 긴 머리를 커트로 바꾸고 얼굴 살이 조금 빠졌지만 분위기는 여전했다. 노량진에서 같이 컵밥을 먹을 때보다 표정이 밝아 보였다.

가슴이 마구 뛰어 손바닥으로 쓸어내렸다. 오랜만에 느끼는 통증, 떨림이 나쁘지 않았다. 그녀는 부산에서 가까운 바다 건너에 살고 있었다.

스터디 모임에서 그녀를 만났다. 그녀의 꿈은 작곡가였다. 작곡가와 공무원 시험 준비생, 그 사이에서 그녀는 힘들어했다. 우리는 서로 의지하게 됐다. 그녀가 없었다면 노량진에서 버틸 수 없었다. 시험에 합격하면 마음을 전하려 했으나 계속 탈락했다. 아르바이트를 하며 공부하던 그녀가 시험을 포기하고 노량진을 떠나겠다고 내게 말했다. 그녀가 떠나기 전에 고백하고 싶었지만 그럴 자격이 없다고 생각했다. 그녀가 내 진심을 받아들이면 그녀의 마음을 책임져야 하는데, 자신이 없었다.

그녀를 마지막으로 본 날, 물론 마지막이 되리라 생각하지 않았다. 나는 잘 가라고 인사하며, 오 년 동안 고생했다고 더듬거렸다. 속으로는 이듬해 시험에 합격해 멋지게 고백하겠다고 다짐했다. 하지만 그녀가 없는 고시촌 생활은 너무 삭막해 공부에 집중할 수 없었고, 마음을 전할 기회는 오지 않았다.

그 뒤, 그녀는 핸드폰을 끊었다. 연락할 방법이 없었다. 그녀와의 유일한 연결 고리는 카페였다. 그녀를 본 마지막 날, 고백하지 못한 것이 내 인생의 가장 큰 아쉬움이었다. 이제 또 한 번의 기회가 찾아왔다.

그녀에게 쪽지로 여러 가지 질문을 던지고 싶지만 내 아이디를 알고 있어서 답장을 하지 않을 것이다. 자신을 붙잡지 않던, 소극적인 성격의 나를 지금도 기억하고 있을 테니까. 그녀가 올린 글을 여러 차례 읽었다. 문장에서 명랑한 목소리가 들려왔다.

하루가 지났지만 경찰은 범인의 흔적을 찾지 못했다. CCTV가 많이 설치되지 않았고, 녹화된 화면 또한 밤이라 사람들의 얼굴이 잘 보이지 않았다. 그 시간대에 집 근처에 서 있는 자동차를 확인하지 못해 블랙박스를 살펴보기도 힘들었다.

나는 절도범 검거에 관심이 없었다. 억지로 또 공무원 시험을 준비한다면 몇 달 만에 다 쓸 돈이었다. 나에게는 오로지 이스케이프뿐이었다. 그녀를 만나 직접 고백하는 것이 가장 좋은 방법이었다. 이 기회를 놓치면 평생 후회하며 살게 될 것이다.

아이디를 새롭게 만들어 카페에 가입해서 워킹홀리데이에 관심이 있는 학생처럼 그녀에게 쪽지를 보냈다. 그녀는 일본 우에노 근처에 산다며, 친절하게 답장을 보내왔다. 친절한 성격은 변하지 않았다.

그녀를 만나야 했다. 그녀가 쌀쌀맞게 거절하더라도 고백하고 싶었다. 어쩌면 공무원 시험에 불합격해서 마음을 전하지 못했다는 것은 얄팍한 핑계였는지도 모른다.

인터넷으로 우에노를 검색했다. 그곳 어딘가에 그녀가 있다고 생각하니 낯설지 않았다. 일본어도 모르고 비행기를 타 본 적도 없지만 아무것도 두렵지 않았다. 여권에 묻은 먼지를 털었다. 문제는 돈이었다. 얼마나 필요할까?

수중에 있는 돈을 계산해 보았지만 편도 비행기표를 사면 끝이었다. 일본은 한국보다 물가도 비쌀 테고, 교통비, 숙박비, 밥값을 생각하니 가슴이 답답해졌다. 이스케이프가 남긴 글을 수차례 다시 읽었다. 나는 또 돈을 핑계 삼고 있었다.

아버지가 남은 엔화를 은행에 예금해서 훔칠 수 없었다. 그렇다고 일본행을 포기할 순 없다. 아버지의 외화 통장을 챙겼다. 은행 심부름을 자주 한 덕분에 비밀번호는 알고 있다. 아버지의 모든 비밀번호는 똑같았다.

소년이 준 돈 오만 원, 이모가 준 십만 원 그리고 아버지 통장에서 엔화를 조금 인출하면 일본에 다녀올 수 있다. 이 돈은 훗날 아버지에게 꼭 갚을 거라고 스스로 약속했다. 절도가 아니라 잠깐 빌리는 것이다. 공무원 시험 비용은 아버지의 선택이니 갚지 않아도 된다. 하지만 이 돈은 꼭 갚아야 한다.

아버지가 아들을 경찰에 신고하지 않도록 문자를 남겨야겠다.

다섯 시간 뒤, 김해공항에서 일본 나리타공항으로 가는 비행기에 오른다. 그 전에 9급 공무원 시험 책을 헌책방에 팔 것이다.

가방에 짐을 챙겼다. 어머니가 사 준 남방을 넣었다. 면도도 말끔하게 해야겠다. 소년이 선물한 책은 비행기에서 읽고 싶다. 돼지가 죽지 않던 날, 무슨 일이 벌어질까.

카페를 탈퇴했다. 진짜 방랑자가 되는 순간이다. 그 떨림을 오랫동안 기억하고 싶다. 온라인의 방랑자가 아니라 오프라인의 방랑자가 될 차례였다.

마지막으로 차호

나는 위생 관념이 확실한 청소년이다. 그러나 배고픔 앞에서 그놈의 위생 관념이란 것이 얼마나 관념적인가.

"니, 그거 먹을 낀 아니제?"

내 또래로 보이는 녀석이 편의점 앞에 서서 멀거니 날 바라보고 있었다. 부산역에서부터 영도경찰서까지 물어물어 찾아왔다. 막상 하록 선생의 마지막을 알 수 있는 유일한 곳에 도착하자 긴장감 탓인지 더욱 허기졌다. 테이블 위에 놓인 사발면에 시선을 준 것부터가 잘못이었다.

'앗, 들킨 건가?'

"그거 내가 먹던 긴데. 니, 거렁뱅이가?"

한 젓가락이라도 먹고 이런 대접을 받았다면 그래, 내가 거지다! 했겠지만 잠시 갈등만 했지 아직 라면은 입에 넣지도 않았다.

"야, 이 친구 보게. 사람을 뭘로 알고 거지 취급이야?"

녀석은 발끈하는 내 반응에 아랑곳 않고 맞은편에 앉더니 레드불을 시원하게 들이켰다. 그러더니 참치마요 삼각김밥 포장지를 벗겨 내 앞에 놓인 사발면에 투척했다. 일회용 숟가락을 쓱 들이밀더니만 한다는 소리가, "니, 서울 아제? 서울 아 맞나?"였다. 사발면 안에서 삼각김밥이 제 형체를 잃고 풀어졌다. 하록 선생은 사발면에 삼각김밥으로 끼니를 종종 때우고는 했다. 그는 참치마요 대신, 소고기 고추장을 선호했다.

"그래, 맞다."

"묵어라. 부산엔 왜 왔는데?"

얘가 날 심심풀이 땅콩쯤으로 생각하는 모양이었다. 말라비틀어진 체구가 꼭 멸치처럼 생긴 게 누굴 안주 삼으려 드는 건지. 먹다 남은 사발면에 음료수 하나 들이밀더니 호구조사를 하려고 든다.

"시체 찾으러 왔다."

"니 뭐라카노? 시체에?"

나의 답변에 녀석은 당황한 눈치였다. 농담이라고 무시하기엔 내 얼굴 표정이 잔뜩 굳어 있었다. 나도 모르게 길 건너편 경찰서에 시선이 갔다. 빛바랜 노란 건물이 인상적이라면 인상적이었다. 사람들이 아무렇지 않게 경찰서를 오갔다.

사건 담당 경찰을 기다리는 동안, 영도대교 끝에서 본 현인 선생의 동상이 떠올랐다. '굳세어라, 금순아'라는 노래를 불렀다는데 누군지는 모르겠고 지금 나야말로 그 어느 때보다 '굳센' 심장이 필요한 때였다. 누군지도 모르면서 동상 앞에서 셀카를 찍었다. 하록 선생을 만나러 가는 발자취라도 남기고 싶었나 보다.

"이하록 씨 찾아왔다꼬? 관계가 우예 되노?"

담당 경찰은 정년퇴직을 앞둔 사람 좋아 보이는 사내였다. 늦은 점심 식사를 막 마친 참이었는지 푸른색 와이셔츠 가슴팍에 짜장이 묻어 있었다. 지우려고 애쓴 흔적이 보였다. 짜장 얼룩이 물 자국에 번져 있었다.

"제 선생님이었습니다."

"선생? 어허, 선생이면 만고 땡인데 왜 죽었노? 쯧쯧."

그는 하록 선생이 무연고자여서 여간 애를 먹은 게 아니라며 나에게 하소연했다. 더불어 교육 공무원도 살기 힘든 세상이 왔다며 나에게 공부 열심히 하라고 격려를 아끼지 않았다. 만약 하록 선생이 정말 공무원이 되었다면 지금쯤 내 손에 들린 종이 쪼가리 대신 웃는 낯을 보여줬을까? 하록이 나에게 농담처럼 건넸던 말이 떠올랐다. 마음속 심연에 가라앉았던 기억이, 그의 죽음이라는 긴 작대기를 휘저음으로써 수면 위로 제 모습을 드러내는 것만 같았다.

"권차호, 나중에 친구들이랑 부산에 한번 놀러 올래?"

부산이 고향이냐고 물었던 나에게 그는 아니라고 했다. 하지만 자신의 삶 중에서 가장 괜찮은 기억들이 존재하는 곳이라고 했다. 그런 그에게 나는 시큰둥하게 대답했다.

"줄넘기 수행평가나 잘 받고요. 그때 생각해 보죠, 뭐."

정작 초대한 사람은 가고 없는 부산에서 나는 혼자였다. 그런데도 전혀 혼자라는 느낌이 안 들었다. 경찰 아저씨의 말 때문이었다. 그는 책상 앞으로 나를 데리고 가서 서류를 뒤적이더니 이면지 귀퉁이를 찢어 뭔가를 끄적거렸다.

"젊은 사람이 참 안됐다 싶었는데, 이렇게 제자라도 찾아오고……. 가는 길이 영 쓸쓸하지만은 않겠네."

혼잣말인지, 나에게 하록을 찾아와서 고맙다는 인사를 대신하는 것인지 해석 불가였으나 이것만은 확실했다. 이하록이란 남자에게 세상에 존재하는 단 한 명의 연고자가 나, 권차호라는 사실! 하록 선생의 마지막 가는 길은 볼 수 없었지만 그래도 그가 살았던 흔적만은 내 눈으로 직접 확인하고 싶다는 욕구가 마음 한구석에서 피어올랐다.

사무실을 나서는데 경찰 아저씨가 배웅해 줬다. 불편한 친절이었다. 그는 나를 제 아들이라도 되는 양 어깨를 끌어당겨 안았다. 그러고는 동료들에게 "죽은 선생을 찾아 서울에서 온 기특한 학생이야"라고 소개했다. 더러는 "그래?" 하며 시큰둥한 반응이었고 몇몇은 내 머리나 등을 두드리며 기특하다고 따뜻한 눈길을 보내기도 했다.

우리는 경찰서 정문에서 헤어졌다. 담당 경찰 아저씨는 여전히 삼선 슬리퍼 차림이었다. 내 손에 주소를 적은 종이 쪼가리를 쥐어 주며 그는 악수를 청했다. 아저씨나 나나 필요 이상의 악력으로 손을 잡았다.

"무연고자라서 찾는 사람 없을 줄 알았고만 이렇게 몇 주 지나고서라도 찾는 제자가 있으니 좋네. 거기 가면 그 선생님, 손때 묻은 물건이라도 만날 수 있을 끼다. 잘 가라, 모범생."

그는 경찰서 정문을 나서는 나를 향해 손까지 흔들어 주었다. 길을 건너, 다시 편의점 앞으로 돌아왔다. 입안이 바싹 말랐다.

"아이 씨, 이럴 줄 알았으면 음료수 사 먹을 돈이나 좀 부탁할걸."

"니, 목 마르나?"

분명 나는 혼잣말을 했다. 그런데 또 그 녀석이다. 먹다 남은 사발면의 주인이었다. 편의점 파라솔에 기대듯 누워서 녀석은 실눈을 뜨고 나를 쳐다보고 있었다. 자존심에 상관 말라고 한마디 하려다가 참았다. 대신에 나는 '한 번 보고 말 놈인데 쪽팔려도 살고 보자' 하는 마음을 먹었다.

"봐라. 혓바닥이 하얗게 말랐지?"

녀석에게 혀까지 내밀어 보였다. 쪽지에 적힌 장소도 알아볼 겸 나는 일단 의자에 털썩 주저앉았다. 녀석이 나를 피하듯 자리에서 일어섰다. 꼬깃하게 구겨진 이면지를 멀거니 바라보았다.

남포동 고시원촌. 몽환대로 1345번길 7, 아름빌리지 402호

학력 위조 사건 이후로 하록 선생은 자취를 감췄다. 급하게 나병식의 엄마가 체육 특기생을 붙여 줬다. 새 선생은 우리에게 줄넘기를 가르치기 전에 자신의 대학 졸업증명서를 갖고 왔다. 하록 선생과는 비교할 수 없을 정도로 운동 신경이 좋은 사람이었다. 그러나 나병식과 나는 줄넘기 수행평가에서 최고점을 받지 못했다. 게다가 나는 내가 돌린 줄에 걸려 넘어지기까지 했다. 넘어지는 순간, 하록 선생을 떠올렸던가? 다시 일어나서 줄을 돌릴 때, 하록 선생의 땀내를 바람결에 맡은 것도 같았다. 그리고 끝이었다. 이렇게 부산 땅을 밟고 서서 기억에서 희미해

진 그의 자취를 찾아 헤맬 줄은 꿈에도 생각지 못했다.

"아나, 마셔라."

녀석이 스포츠 음료를 내게 건넸다. 냉장고에서 막 꺼냈는지 표면에 물기가 맺혀 있었다. 고맙다고 말을 끝내기가 무섭게 편의점 문이 열리고 주인 여자가 악다구니를 내뱉으며 뛰어나왔다. 사투리가 심하게 섞인 욕설이었다. 머리보다 몸이 먼저 반응했다.

"튀라!"

녀석의 말에 나는 무조건 튀었다. 뭔지 모르지만 여기서 잡히면 길건너, 엎어지면 코 닿을 영도경찰서로 끌려갈 것이 뻔했다. 도망치면서도 음료수를 손에서 놓지 않았다. 우리는 영도대교를 전력 질주했다. 지나가는 차들이 경적을 울리기도 했다. 숨이 턱까지 차오르다 못해 심장이 입 밖으로 튀어나올 것 같을 즈음, 녀석이 내 뒷덜미를 잡아챘다.

"그만 튀라. 됐다 마, 이제."

"아이 씨, 너 무슨 짓을 한 거야?"

나는 녀석을 향해 종주먹을 들이댔다. 마른 멸치같이 생긴 녀석이 그렇게 뛰고도 숨소리 하나 흐트러지지 않았다. 그 모습에 더욱 약올랐다. 누굴 엿 먹이나, 싶었다.

"목 억수로 마르다며? 니 때문에 뛴 기다. 돈이 없었거든. 억울해 마라."

녀석은 내 손에서 음료수 캔을 빼앗아 가더니 뚜껑을 열어 건네주었다. 욕설이 나오려고 했으나 일단 목을 축이는 것이 급선무였다. 목울대로 넘어가는 음료의 청량감에 치밀었던 화도 가라앉았다.

"시체는 찾았나?"

"시체까지 찾았으면 등에 짊어지고 뛰라고? 미친 새끼."

온몸이 땀범벅이었다. 교복 바지가 다리에 휘감길 정도였다. 다리 끝자락에 백화점이 보였다. 백화점에 들어가서 시원한 에어컨 바람이라도 쐬면서 앞으로의 일정을 궁리하는 것이 낫겠다 싶었다. 훔친 음료수지만 어쨌거나 처음 본 날 위해 음료수를 훔쳐 오는 사람이 지구상에 몇이나 될까 자문해 보자 웃음이 났다. 우리 형도 날 위해 이런 개고생을 시도할 사람은 아니었다. 내가 목마르다고 하면 '침 삼켜'라고 할 사람이었다. 아무튼 이상한 녀석이었다. 제 입으로도 내게 '난 괴물이다. 선과 악이 내 속에 공존하고 있지'라고 했다. 그러면서 사람이 아쉬운 것처럼 아무나 보고 인사를 하고 말을 붙였다. 급기야 한 무리의 일본 관광객과 눈이 마주치자, 녀석이 서슴지 않고 손을 흔들었다.

"스미마셍. 나니가 몬다이 아리마스까? 테츠다이 시마쇼우까?(실례합니다. 뭔가 문제 있나요? 도와 드릴까요?)"

국적이 의심스러울 만큼 능숙한 일본어 실력이었다. 이 시간에 학교에 안 가고 거리를 배회하는 녀석의 외국어 회화 실력치고는 탁월했다. 중년의 일본 관광객이 녀석에게 다가와 지도를 들고 이것저것 물었다. 녀석은 눈동자가 보이지 않을 만큼 환하게 웃으며 간드러지는 목소리로 대답해 주었다. 그들은 녀석에게 허리까지 굽혀 가며 고맙다고 인사를 했다. 일본인 여자가 녀석에게 감사 인사로 돈을 건넸다. 사양할 줄 알았는데 냉큼 받아 챙기는 모양새가 눈꼴사나웠다.

"그렇게 쉽게 버는 돈으로 음료수 샀으면 훔쳐 먹고 죽어라 뛰지 않아도 되잖냐."

나도 모르게 툴툴거렸다. 녀석이 나를 보더니 씩 웃었다. 송곳니가 반쯤 깨져 있는 것이 우스꽝스러운 한편, 서글퍼 보이기도 했다.

"이 돈은 부산 탈출에 쓸 돈이다. 암튼 그 음료수, 나는 친절을 친절로 갚은 기다."

"무슨 친절?"

녀석의 표정이 묘하게 변했다.

"내 말에 대답해 줬다 아이가. 그건 나한테 최고로 친절을 베푼 기다. 사람들은 아무도 모르는 사람이랑, 아니 나랑 말 안 할라 한다."

얘기를 듣고 있자니 자꾸 녀석에게 끌리는 나를 발견하게 된다. 나랑 어쩐지 비슷한 꼴을 하고 있는 멸치였다. 야자 시간이 되면 나병식은 늘 그랬다. 열일곱은 너무 외로운 나이라고, 계속 떠들어 대지만 누군가와 진짜 제대로 된 얘기를 하고 있기는 한 거냐고. 우리는 그런 나이를 살고 있었다.

"가족은 너랑 말할 거 아냐."

설마 얘도 있으나 마나 한 가족을 갖고 있을까 싶어서 한마디 툭 던졌다.

"내는 솔로다."

'솔로? 아니, 이 자식이 누굴 놀리나? 멸치같이 생겨서 커플이라도 바란 거냐? 나도 솔로다.'

그러나 녀석의 입에서 뜻밖의 고백이 흘러나오자 나는 당혹감에 어떤 얼굴을 해야 할지 난처했다.

"부모님 다 안 계신다. 친척 집 떠돌며 살았는데 울 집이란 느낌이 안 들더라."

　도대체 이 넓은 세상에서 우리가 '우리 집'이란 느낌을 가질 만한 보금자리는 어느 곳에 존재한단 말인가. 녀석의 어머니는 초등학교 때 돌아가시고 아버지는 집을 나가서 행방불명이 되었다고 했다. 입때껏 소식이 없는 것을 보면 어딘가에서 무연고자로 최후를 맞이하지 않았겠냐고 나에게 동의를 구했다. 방금 전, 무연고자인 하록 선생의 마지막 집 주소를 받아 온 나로선 녀석의 사연이 남 일 같지 않았다.

　"서울아, 니. 내가 미친놈 같나? 근데 우야노, 나는 니가 좋은 놈 같다."

　녀석은 내가 시체를 찾는다고 대답하는 순간 마음에 들었다고 했다. 혹시나 자기 아버지가 무연고자로 죽었다면, 나처럼 아버지를 잠깐이라도 알았던 사람이 아버지의 마지막 가는 길을 궁금해하며 찾아가 주었으면 한단다. 녀석은 불퉁한 내 대답도 자기 귀에는 다정하게 들렸다고 했다. 이게 무슨 남녀 사이의 고백도 아니고 뭐하는 짓인가 싶었다.

　"이제 서울 가나?"

　"아니. 아직 할 일이 남았어. 그래서 말인데. 네 눈에 내가 좋은 놈이면 길 안내 좀 해 주라."

　나는 녀석에게 경찰서에서 받아 온 종이 쪼가리를 내밀었다. 수많은 메모를 쓰던 하록은 이런 이면지를 쓰지 않았다. 언제나 깨끗한 종이에 자신의 계획을 적던 사람으로 기억됐다.

　"보수동 책방골목이랑 깡통시장 중간이라는데. 어딘지 아니?"

미로 같은 골목을 몇십 분째 헤맸다. 남포동에 들어설 때만 해도 자신을 인간 내비게이션이라고 불러 달라던 녀석은 나의 질타에 입을 닫았다.

"너, 못 찾는 거 아니야?"

녀석이 이곳의 지리를 잘 알고 있으면서 일부러 나한테 장난치고 있는 듯한 기분이 들었다. 길을 못 찾는다는 녀석이 어떤 건물이든 폐지를 모아 둔 곳은 귀신같이 찾아냈다. 건물에서 나온 폐지를 주우며 녀석은 한량처럼 걸었다.

"못 찾는 게 아니라, 일하는 거다. 이거 다 돈이다."

할 말을 잃게 만드는 대답이었다. 고만고만한 건물들이 다닥다닥 붙은 모양새가 사람을 더 헷갈리게 만들었다. 이 동네는 건물의 특색이 없었다. 비슷한 평수의 직사각형 건물들이 줄지어 있을 뿐이었다. 심지어 건물에 걸린 이름마저 '○○텔'로 통일하자고 약속이라도 한 듯했다.

"서울아, 저기다!"

가자는 나를 '서울아'라고 불렀다. 나도 녀석의 이름 대신 '가자'라는 별명으로 부르기로 했다. 어디든 가고 본다는 뜻의 온라인상 아이디라고 했다. 나는 계속 볼 사이도 아니라서 통성명이 불필요하다고 느꼈다.

고시텔 중에서도 유난히 낡은 느낌의 건물이었다. 푸른 페인트칠이 벗겨진 건물 외벽과 달리 입구에 걸린 현판은 그럴싸했다.

아름 빌리지 = 아름다운 꿈을 위한 빌리지

친절하게도 이 건물이 어떤 의미를 품고 있는지 설명까지 해 놓은 현판이라니! 건물로 들어가는 입구는 그 흔한 카드키나 비밀번호도 없는 없는 유리문이었다. 게다가 개방되어 있었다. 통로 입구에 개똥이 굴러다니고 있었다. 하마터면 개똥을 밟을 뻔한 터라 나는 큰 소리로 욕설을 내뱉었다.

엘리베이터가 없는 건물이었다. 402호, 하록 선생의 마지막 방을 보기 위해 계단을 천천히 밟고 4층으로 향했다. 그는 이 계단을 오르내리면서 무슨 생각을 했을까? 정말 이 건물 이름대로 아름다운 꿈을 꾸기라도 한 것일까? 하록 선생에게 아름다운 꿈은 정규직을 갖는 것이었다. 경찰공무원이 되는 것이었다. 사회의 정의 구현은 모르겠고 매달 월급을 받아 안정적으로 미래를 살고 싶다고 했다.

402호 문 앞에 다다랐다. 녹이 슨 손잡이를 보고 있자니 절로 인상이 구겨졌다. 게다가 '402'란 숫자도 제대로 붙어 있지 않았다. 숫자 2가 반쯤 떨어져 대롱거리고 있었다. 손잡이를 돌려 문을 열어 보려고 했지만 요지부동이었다. 초인종을 눌러 봤지만 고장이 났는지 아무런 소리도 나지 않았다. 하록, 그의 인생에서 제대로 된 것이 과연 몇 개나 될까 싶은 생각이 들었다.

"계세요? 안에 아무도 없나요?"

나는 현관문을 노크하며 말했다. 뒤에 있던 가자가 푸핫, 하고 웃음을 터트렸다.

"서울아, 니 돌았나? 집주인 죽어 뿔고 없다 아이가. 근데 '계세요'가 뭐꼬? 니, 지금 귀신 부르나?"

하긴 상식적으로 생각해도 터무니없는 짓이었다. 그때였다. 위층 난간에서 시커먼 그림자가 툭 튀어나왔다. 그 바람에 가자와 나는 놀라 꽥 소리를 지르고 말았다.

"하이고 마. 머스마들 간이 그래 쥐똥만 해서 어데 써 먹을꼬."

파마머리가 인상적인 아주머니였다. 날파리가 한번 들어갔다가는 밖으로 나올 수 없을 만큼 심하게 말린 컬이었다. 형광 오렌지 홈드레스를 입고서 계단을 내려왔다. 주인아주머니는 방 보러 왔냐며 내 손을 잡아끌었다.

"근데 이 방이 비었는 줄 우에 알았노?"

"아뇨. 그게 아니라…… 이 방을 구경하고 싶어서요. 이 방에 살던 사람…… 제가 아는 사람이었거든요."

과장되게 웃던 낯이 심하게 일그러졌다. 주인 입장에서 누군가가 죽어 나간 방이 골치 아팠을 거였다. 그런데 그 죽은 사람을 아는 누군가가 찾아왔으니 반가울 리 없었다. 푸념을 늘어놓기는 했으나 주인아주머니는 천성이 나쁜 사람 같지는 않아 보였다. 잠시 기다리라더니 402호 열쇠를 가져와 문을 열어 주었다.

"가족이 없다 카드만 이래 누구라도 찾아왔으니 보여 줘야지."

제 몸 하나 누우면 끝인 공간이었다. 이런 곳에서 어떻게 살았을까, 싶은데 뒤에서 가자가 속없는 말을 했다.

"호텔이네. 잘 곳 걱정은 안 했겠고먼. 억수로 편했겠네."

무슨 소리냐며 가자를 향해 눈을 치켜뜨는데 주인아주머니가 상자하나를 나에게 불쑥 내밀었다. 사발면 상자였다. 하록 선생이 남긴 유품이 사발면인가 싶어 아주머니를 물끄러미 쳐다보는데 아주머니가 고개를 절레절레 흔들었다.

"사람은 죽어서 이름을 남긴다카는데, 이 작자는 뭘 하기에 방꾸석에 종이 쪼가리만 잔뜩 남겨 놨노. 뭐 하던 사람인지 막판에는 고소장까지 날라오꼬."

모른 척해도 그만이었지만 나는 그러고 싶지 않았다.

"선생님인데요."

"뭐라? 슨상님?"

"네, 제 선생님이었어요."

아주머니의 눈초리가 몹시 의심스럽다는 뜻을 잔뜩 담고 있었다. 눈매가 가늘게 변하더니 잠깐 동안 입을 꾹 다물었다.

"이 작자도 뭘 가르쳐?"

"줄넘기요."

줄넘기는 만만한 운동이 아니다. 그럼에도 불구하고 내 입에서 줄넘기라는 말이 흘러나오면 사람들의 반응은 하나같이 똑같았다. 자신들이 알고 있는 딱 그만큼의 상식으로 타인을 폄하하고 평가한다.

'뭐, 그딴 걸 배우냐? 그걸 배우는데 돈도 내야 해?'

4층에서 1층으로 내려오면서 나는 그나마 다행이라 생각했다. 빛 한 줄기 들지 않는 지하방에서 하록 선생이 생을 마감했다면 더욱 서글펐을 것이다. 4층, 서향이긴 했지만 해를 볼 수 있었다. 해가 지는 모습도 구경할 수 있었을 거였다. 침대 옆에 세워 놓은 조그만 쪽거울을 통해 노을에 물든 자신의 얼굴을 가만히 바라볼 시간도 가졌을 것이다.

건물 뒤편으로 돌아가자 작은 공터가 나왔다. 온갖 재활용품과 쓰레기가 버려져 있었다. 가자가 쓰레기 더미에서 봉투들만 고르더니 몇 개를 주머니에 쑤셔 넣었다. 그러곤 부서진 소파에 털썩 주저앉았다. 해가 저물고 있었다. 나는 소파 앞에 상자를 내려놓았다. 상자를 열자, 하록 선생이 쏟아져 나왔다. 수많은 종이 쪼가리였다. 누가 보면 그냥 쓰레기 조각인 줄 알았을 것이다. 라면 상자 하나 가득 켜켜이 쌓아 놓은 수많은 쪽지들, 그 의미를 명확히 읽어 낼 수 없는 메모들을 보며 나는 한숨을 내쉬었다. 그 아래 고소장을 발견했을 때 왠지 모를 서러움을 느꼈다. 법 없이 살 사람이었다, 하록은. 고소장의 내용 따위 알고 싶지도 않았다. 나는 고소장을 손에 쥐고 우그러뜨렸다.

"이게 다 뭐꼬? 난 또 상자 안에 돈다발이라도 들었나 안 했나? 장난하나?"

가자가 흥분했다. 대강 살펴본 포스트잇 글자 더미 속에서 나는 익숙한 글자를 발견했다. 눈물이 핑 돌았다. 다른 메모와 달리 썼다가 지운 흔적이 가득한 종이였다. 줄넘기 과외 학생들의 명단이었나 보다. 나병식과 내 이름이 나란히 적혀 있었다. 그 얼룩진 종이 한가운데에 나란 존재가 꼿꼿이 살아 있었다.

'주댕이.'

마음에 들지 않는 별명이라고 그에게 푸념을 늘어놓았던 기억이 났다. 그때 하록이 그랬다. 이 세상에 제 마음에 드는 별명을 가진 이가 몇이나 되겠냐고. 내 어깨 너머로 쪽지를 훔쳐본 가자가 읊어 댔다.

"주디."

아무래도 주댕이를 부산 사투리로 발음한 모양이었다. 가자는 별 이상한 걸 다 적어 놓았다며 중얼거렸다. 같이 줄을 넘는 동안, 다른 아이들에 비해 내가 누구보다 하록 선생에 대해 많이 안다고 생각했는데 오판이었다. 종이쪽지에 쓰인 말들은 해석 불가의 암호문이었다. 높이 넘기, 살짝 넘기, 깃털처럼 넘기, 발끝 넘기, 근심 잊고 넘기……. 드디어 내가 아는 하록이 등장했다. 상자의 바닥에 내가 아는 물건이 나타났다. 지상에 남긴 그의 마지막 물건 앞에 나는 심한 욕지기를 내뱉었다.

"아, 씨발! 줄넘기가 도대체 뭐냐고!"

그와 나의 추억의 물건이라기보다 하록의 목을 졸라 삼킨 흉측한 무엇에 지나지 않았다, 줄넘기 줄은.

"라이터 있냐, 가자?"

아무 말없이 가자가 주머니에서 라이터를 꺼냈다. 나는 미련 없이 상자에 불을 질렀다. 넋을 놓고 그의 흔적이 사그라드는 것을 지켜보았다. 주댕이라고 적은 종이 귀퉁이가 타들어 가고 있었다. 상자 속 유일한 물건인 줄넘기에도 불이 붙었다. 손잡이가 서서히 녹아들었다. 줄넘기 손잡이의 형체가 서서히 우그러졌다. 절로 몸이 움찔거렸다. 나도 모르게 재빨리 손을 뻗어 불길에서 줄넘기를 꺼냈다. 줄을 잡은 손가락에 뜨거운 열감이 느껴졌다. 헉, 하고 숨을 몰아쉬었다.

"데였나?"

가자가 자리에서 벌떡 일어나 내 곁으로 왔다. 골목 사이사이로 저물어 가는 태양의 열기가 스며들고 있었다. 나는 손잡이가 녹아 버린 줄넘기 줄을 쥐고 서서 재가 되어 버린 사발면 상자를 발로 툭 찼다. 수

많은 그의 사연이 재가 되어 공기 중에 흩날렸다. 채 타지 못한 흔적은 쓰레기 더미 중 하나가 될 운명이었다. 그러나 줄만은, 줄넘기만은 그냥 둘 수가 없었다. 나는 줄을 허리에 단단히 감았다. 스타일 구기는 짓이었지만 허리에 감긴 줄의 감촉이 나쁘지 않았다.

"가자, 가자."

복천사에 도착한 것은 주홍빛 노을이 온 천지를 뒤덮을 무렵이었다. 산을 타는 가자의 발놀림은 다람쥐 같았다. 반면에 나는 혀를 빼물고 기어오르다시피 산을 탔다. 허리에 감은 줄을 내던지고 싶은 지경이었다. 그러나 발을 들여놓은 고찰이 내게 펼쳐 준 풍경에 입을 다물 수가 없었다. 동쪽으로 산봉우리가 보이고 서쪽으로는 바다와 멀리 만이 펼쳐져 있었다. 그 위로 시시각각 다른 빛깔로 변하는 노을이 처연해 보일 정도로 아름다웠다. 바람결에 향 내음이 묻어났고 고찰의 적막을 깨는 스님의 독경 소리에 이상하게 가슴이 뛰었다. 머리가 희끗한 노부부가 스님의 독경 소리에 맞춰 절을 올리고 있었다. 주변 경치에 마음을 빼앗긴 사이, 가자가 불상을 향해 머리를 숙여 합장했다.

"야, 너 불교 신자였어?"

"아이다. 내는 천주교 신자다."

뜻밖의 대답에 혀를 찼다. 내 반응에 별 신경 쓰지 않는다는 듯 가자는 자랑을 했다.

"세례명도 있다. 예레미아. 멋지제? 서울아, 니는 종교 있나?"

"설마 나한테 그런 게 있을 리 없잖아. 난, 나 자신도 못 믿어."

종교와는 담 쌓은 듯한 얼굴인데 천주교 신자 운운하는 꼴이 우스웠다. 모태 신앙이라고 했다. 돌아가신 가자의 어머니가 독실한 천주교 신자였다고 했다. 우리 집에는 신이 존재하지 않는다. 아버지는 명예를 믿고 형은 요즘 인공지능을 신봉한다. 엄마는 돈과 신점을 맹신한다. 십수 년간 지켜본 바로 우리 가족이 나에게 보여 준 믿음은 그 어떤 형태의 믿음에서든 내가 멀어질 수밖에 없도록 만드는 계기가 되었다.

가자는 나를 이끌고 공양간으로 향했다. 그 애의 말에 따르면 전국 사찰의 저녁 공양 시간은 여섯 시라고 했다. 군대 밥처럼 한 치의 오차 없이 정확하다고 자신했다. 절에서 먹는 비빔밥은 꿀맛이었다. 가자는 공짜 밥이라서 맛있는 거라고 했지만 청담동 한정식집에서 나온 육회 비빔밥보다 나았다.

우리는 바다가 보이는 곳에 앉아 밥을 먹었다. 호텔 레스토랑에서 야경을 보며 먹는 식사와 비교할 수 없다는 생각이 들었다. 처마에 달린 풍경이 바닷바람에 흔들려 은은한 소리를 냈다. 그 소리에 맞춰 천천히 밥을 씹었다. 웰빙 음식이 따로 없었다. 무나물, 콩나물, 시금치, 고사리에 고추장만으로 이런 맛을 내다니! 뭔가 내 입안에서 사기극이 벌어지는 기분이었다.

"한 가지가 아쉽다. 달걀 프라이 하나 딱 올리면 좋겠는데……. 부탁해 볼까?"

내 말에 가자가 대놓고 면박했다.

"주디 닫아라. 여기 절이다. 달걀 프라이가 말이가, 방구가?"

그러나 육회 비빔밥이었으면 더 좋았을 거라는 내 말에 가자는 그제야 농담이란 것을 눈치챘다. 해가 바다 너머로 떨어지는 광경은 장관이었다. 어딘가 기댈 곳 없이 아래로 떨어지는 기분이랄까. 내 가슴이 철렁할 정도였다. 핸드폰으로 사진을 찍었다. 나병식과 엄마한테 보냈다. 기다리지 않으려 하는데도 자꾸만 기다려지는 마음은 뭔가! 답장이 오지 않는다. 당연하다. 시간을 보니 병식이 족집게 과외를 할 시간이었다. 어차피 엄마한테는 기대도 안 했다.

진동음이 울렸다. 가자가 문자 왔다고 내 옆구리를 쿡 찔렀다. 문자를 확인하던 나는 큰 소리로 웃고 말았다. 타인의 발자국 소리마저 고스란히 들리는 고즈넉한 산사의 공기를 흩뜨려 놓고 만 것이다.

✉ 원장님, 수술 중이십니다. 〈BELLA 성형외과〉

일주문을 지나 산책로를 따라 걸었다. 배터리가 얼마 남지 않아 핸드폰을 꺼 버렸다. 어차피 도우미 아주머니도 오지 않는 날이라 식구들 중 누구도 내게 관심이 없을 것이다. 산책로 끝은 어두운 숲이었다. 낮에 왔더라면 그늘져 시원하겠다 싶겠지만 어둠이 내려앉은 시각에 숲은 두려움이 빼곡하게 들어찬 공간이었다. 밤이 되면 잘 곳에 숨어들자는 가자의 계획에 따라 나는 다시 고찰로 돌아갔다.

등산복 차림의 반백인 사내가 탑 주위를 돌고 있었다. 탑돌이를 하는 남자의 뒤를 가자가 따르고 있는 듯했다. 반백의 사내가 명부전으로 걸음을 옮기자, 가자 또한 명부전으로 향했다. 가자의 말로 죽은 이의 넋을 인도하여 극락왕생하도록 기원하는 곳이 명부전이라고 했다. 가자에게 등을 돌리고 있던 사내가 안을 향해 합장했다. 가자가 사내의 곁에 다가섰다.

'뭐하는 짓이지? 몰래 숨어서 자야 한다고 하더니.'

가자가 남자를 향해 허리를 숙였다. 남자의 뒷주머니에서 비죽 삐져나온 지갑에 가자의 손이 다가간다. 훅, 하는 내 거친 들숨에 반응이라도 하듯 가자가 나를 보았다. 매섭던 녀석의 낯선 눈매가 곡선으로 휘어지더니 지갑에서 손을 뗐다.

'그래, 저건 장난이지. 다른 곳도 아니고 여긴 사찰인데.'

풍경 소리가 고찰을 그득하게 메웠다. 달빛 아래로 반백 아저씨가 온전히 드러났다. 그의 눈매가 명부전의 처마 곡선처럼 부드럽게 휘어졌다.

가자가 나를 이끈 곳은 절의 가장 구석 자리에 위치한 창고였다. 가자 말로는 방이라고 했지만 내 눈에는 방이라고 볼 수 없는 그냥 창고였다. 하지만 처지가 처지인지라 잠자리 투정을 할 수는 없었다. 가자는 한두번 자 본 솜씨가 아닌 것 같았다. 어디서 찾아왔는지 박스를 펴서 바닥에 깔고는 낡은 담요까지 자리에 펼쳤다.

"넌 정체가 뭐기에 이 절에 대해 이렇게 잘 아냐?"

가자가 건넨 담요에서 메주 냄새가 진동했다. 이걸 덮고 잤다간 메주로 둔갑할지도 모르겠다. 가자는 내 질문에 무신경하게 대답했다.

"난 니와 달리 믿음 있는 놈이다."

나는 가자의 말에 반박하지 않았다. 두 개의 믿음이 있는 녀석이었다. 그 믿음 덕분에 공짜 밥도 먹고 이렇게 낯선 곳에서 잠자리 걱정 없이 누워 있지 않은가! 문틈 사이로 숲을 스치는 바람 소리와 달빛이 새어 들어왔다. 아까 명부전에서 하록 선생의 명복을 빌어 주지 않은 것이 마음에 걸렸다. 허리춤을 더듬어 줄넘기를 손에 말아 쥐었다. 잠이 오지 않는 밤이었다.

"근데 아까 내가…… 명부전에서 잘못 본 거지?"

가자가 웃음기 없는 얼굴로 나를 쳐다보았다. 아주 잠깐이었지만 그 토록 맹목적인 눈빛은 처음이었다. 매서운 눈초리에는 살기가 숨어 있는 게 아닐까 싶을 정도로. 가자는 금방 표정을 풀고 세상을 구한 듯한 얼굴이었다. 그러더니 뒷주머니에서 뭔가를 꺼내 내 눈앞에 대고 흔들었다. 돈이었다.

"부처님 혹은 구세주다."

그는 이 돈이 부처와 구세주의 증거라고 했다.

"서울아, 니도 내처럼 믿음을 가져라. 그러면 절대 절망적이지 않다."

나는 가자의 믿음이 부러워졌다.

"왜냐면…… 끝까지 꿈을 버리지 않게 된다."

가자가 품은 믿음이 어떤 모습인지 알 길은 없으나, 적어도 애는 함부로 자기를 버리는 일은 없을 거였다. 나의 믿음, 나의 믿음은 뭘까? 갑자기 가족들의 얼굴이 어둠 속에서 연기처럼 피어올랐다.

산사의 새벽은 추웠다. 우리는 복천사를 등졌다. 나는 하록 선생을 위해 기도하지 않았다. 그의 영혼이 극락으로 가기를 소원하지도 않았다. 대신에 밤새도록 가슴에 품고 있던 줄넘기를 명부전 불상 앞에 올려 두고 나왔다.

　온종일 남포동 일대를 배회하다 밤 열 시가 넘어서 간 곳은 헌 책방이었다. 분위기와 어울리지 않게 가자는 켜켜이 먼지가 쌓인 책장 사이를 심오한 표정으로 거닐었다. 나는 책장 사이사이 누군가 장난 삼아 그려 놓은 낙서를 보며 취미에도 없는 독서를 했다. 오래된 책 냄새를 하도 맡아 재채기가 나왔다. 없던 비염이 생기겠다고 운운하려는 찰나, 가자가 볼일은 끝났다며 나를 거리로 이끌었다.

　허술한 동네였다. 내가 살던 곳이라면 어림 반 푼어치도 없는 노릇이었다. 담장에 그 흔한 CCTV 하나 설치되어 있지 않았다. 하긴 이런 규모의 집이라면 CCTV 설치비가 낭비다.

　"서울아, 니가 할 일이 있다. 밖에서 망 좀 봐주라."

　"뭐? 큰아버지 집에 들어가면서 무슨 망을 보라냐? 야, 도둑이냐? 당당히 들어가."

　애가 얼마나 눈칫밥을 먹고 친척 집을 전전하며 살았을지 상상이 갔다. 아무리 그래도 친척이라는데 이렇게 저자세는 수상하다. 나는 당당함이 어떤 것인지 가자에게 직접 보여 주기로 결심했다. 나는 대문을 향해 앞장섰다. 녹이 슨 대문은 곧 바스라질 것 같았다. 초인종을 누르려는 찰나, 가자가 내 손목을 잡아 꺾었다. 비명을 지르기도 전에 녀석이 내 입을 막았다. 몸이 휘청하더니 대문 옆에 쌓아 둔 쓰레기봉투에 발 한 짝이 미끄러졌다. 그 바람에 쓰레기봉투가 터져 버렸다.

　"늦었다 안 캤나. 서울아, 니는 예의도 없나? 어른들 다들 주무신다."

가자는 능숙하게 담을 넘었다. 나 역시 야자를 피해 학교 담을 넘었던 화려한 과거 덕분에 담은 장애물이 아니요, 그냥 담이었다. 2미터도 채 되지 않는 담벼락은 곧 무너질 것처럼 위태로웠다. 군데군데 금이 가 있었다. 가자의 말로는 친척 집을 마지막으로 나올 때 친척 형과 철천지원수가 된 까닭에 다시 보면 목숨을 내놓아야 할지도 모른다고 했다. 그 바람에 나는 파수꾼 역할을 부여받았다. 께름칙한 임무였지만 마다할 수도 없는 노릇이었다. 서울로 가는 기차표값을 가자가 빌려주기로 했다. 나병식에게 현금 이체를 부탁하면 딱이겠건만, 녀석은 모험심을 기르라는 둥 쓸데없는 문자만 보내더니 그 이후로 감감무소식이었다.

가자는 능숙한 손길로 현관 비밀번호를 눌렀다.

"오, 전문적이야. 웬 장갑?"

가자는 목장갑을 끼고 있었다. 헌책방 선반에서 본 것이었다. 손등 부분에 개업 선전 문구가 인쇄된 장갑이었다. 현관 입구의 등을 켜려고 스위치에 손을 뻗었다가 나는 가자에게 목숨을 잃을 뻔했다. 나는 거의 옹알이 수준으로 가자에게 속삭였다.

"너희 큰아버지는 아무리 큰엄마가 무섭다지만 이런 식으로 돈을 가져가라고 하냐? 도둑도 아니고 이게 뭐냐?"

어둠 속에서도 가자가 날 잡아먹을 듯이 노려보는 게 똑똑히 느껴졌다.

"입 닫아."

섬뜩했다. 내가 마주한 눈동자는 그 애의 것이 아니었다. 꼼짝할 수밖에 없는 살기 가득한 눈빛에 몸이 굳었다. 창을 넘어 흘러든 달빛에 반

사된 녀석의 눈동자에는 정말 내가 모르는 누군가가 존재했다. 내가 알던 가자는 여기 없는 것 같았다. 어둠 속에서 움직이자니 나 역시 행동이 조심스러워졌다. 가자의 말을 믿어야 한다, 두뇌는 그렇게 작동하고 있었지만 나의 촉은 '이 집은 가자의 친척 집이 아니다, 우리는 도둑이다!'라고 경고등을 번쩍이고 있었다.

가자가 문제의 돈을 가지러 간 사이, 나는 거실에 죽은 듯이 서 있었다. 당당하게 서 있자고 마음먹었지만 어찌된 영문인지 나도 모르게 거실 구석의 커다란 고무나무 화분 옆에 몸을 한껏 붙이고 있었다. 가자의 친척 형에게 혹시나 들킬지라도 고무나무와 내가 자웅동체처럼 보일지경이었다.

부엌으로 들어간 가자는 나올 기미가 없었다. 나는 찬찬히 주위를 둘러보았다. 크고 작은 화분이 많은 집이었다. 식구들의 취미가 독서인지 거실 한 면에 낡고 오래된 책장이 자리 잡고 있었다. 우리 집 서재에 있는 마호가니 책장은 아니었고 벽돌을 쌓아서 나무판자를 얹어 만든 책장이었다. 골목을 지나가는 차량의 불빛이 거실 창으로 비쳐 들었다. 책장 군데군데 장난감이 진열되어 있었다. 가만히 보니 맥도널드 해피밀세트에 딸려 나오는 장난감이었다.

'많이도 먹었네. 이걸 도대체 왜 모아 둔 거야? 뭐야, 귀엽잖아.'

유치하다고 치부하기에 뭔지 모를 정감이 가는 집이었다. 모델하우스같은 우리 집보다 집 안 공기가 훨씬 따뜻했다. 거실이라면 당연히 있어야 할 소파도 없었다. 텔레비전도 브라운관이었다. Full HD, UHD, PDP와 LED 텔레비전이 난무하는 요즘, 커다란 덩치의 브라운관 텔레비전은 나를 혼란스럽게 만들었다. 작은 나무 탁자 둘레에 방석이 가지런히 놓여 있었다. 나는 고무나무와 결별하고 네 개의 방석 가운데 하나를 깔고 앉았다. 놀랍게도 손뜨개질로 만든 방석이었다. 나무 탁자 위에는 십자수로 만든 컵 받침이 있었다. 가자의 큰어머니는 손재주가 좋은 분인가 보다. 낡고 값싸 보이는 물건들이었지만 분명한 것은 정성이 가득한 물건들이었다. 벽에 걸린 시계 역시 점토로 만든 제품이 틀림없었다. 숫자판에 11시를 가리키는 부분에 '1' 하나가 떨어져 나가고 없었다. 끝자락이 살짝 휘어진 시곗바늘이 자정을 가리키고 있었다.

이 집의 정겨움에 나는 몸이 나른해졌다. 벽에 기대어 앉고 싶은 유혹을 뿌리치지 못했다. 나무 탁자 아래로 상자가 눈에 들어왔다. 그 어떤 것에도 손을 대지 말라는 가자의 경고가 있었지만 나는 무시하기로 했다. 상자 안에는 각종 전단지와 이면지, 지난 날짜의 신문이 가득했다. 그리고 벼루와 먹물, 붓이 있었다. 다섯 살 무렵, 한글을 깨치자마자 집중력 강화 훈련 명목으로 서예 학원에 다닌 적이 있었다. 꽤 오랫동안 서예를 했다. 하지만 우리 집 가훈을 적어 표구로 만들라는 학원장의 말에 나는 붓을 내려놓았다.

부엌에서 뭔가 떨어지는 요란한 소리가 났다. 놀라서 부엌으로 향하려는데 가자가 튀어나왔다. 무슨 일이냐고 묻기도 전에 녀석이 내 손목을 낚아챘다.

우리는 미친 듯이 달렸다. 도망치는 중에도 현관문을 닫는 것을 잊지 않았다. 어처구니가 없었다. 미로 같은 골목을 가자는 길을 잃지 않고 앞서 나갔다. 우리는 밤의 어둠을 찢듯이 전력 질주했다. 개들이 짖어 댔다.

〈카페 24시〉 2층은 자정이 넘어가자 한산했다. 가자가 품 안에 품고
있던 봉지를 테이블 위로 쏟아 냈다. 나는 놀란 나머지 입을 다물지 못
했다. 이제 하다하다 별짓을 다한다. 어쩌면 나는 소설을 쓸 수 있을지
도 모르겠다. 인생의 모든 경험을 부산에서 다 할 모양인가 보다.

"이 미친 새끼야! 범법자야, 넌! 혼또니 스미마셍 해야 하는 거라고.
너 지금 웃냐?"

가자와 내가 들어갔던 곳은 그 애의 친척 집이 아니었다. 가자는 언젠
가 자신이 좋아하는 애니메이션을 보러 일본에 가는 것이 꿈이라고 했
지만 그렇다고 엔화를 도둑질한 것에 면죄부가 되지는 않는다. 내 예상
을 깨끗이 뒤엎는 발언이 가자의 입에서 흘러나왔다.

"이 돈은 세상이 나에게 주는 마지막 응원이다. 쎄비 가길 바라는 돈
이라꼬 할 수 있지."

자신은 부모를 다 잃고 가진 것도 없고 하루하루가 불안하지만 꿈이
있기에 괜찮다고 했다. 괜찮다는 마음이 있으니 절망적일 수 없다고 했
다. 그러다 보니 '어쩌지?'라는 생각이 들 때마다 이상하게도 이 세상이
자신을 버리지 않는다고 했다. 그 증거가 지금 우리가 앉아 있는 〈카페
24시〉라고 했다. 가출 청소년들의 보금자리였다. 밤을 보낼 곳 없는 날,
우연히 들어오게 된 곳이 여기였고 자정이 넘는 시간이면 카페 2층에서
쪽잠을 청해도 주인은 내쫓지 않는다고 했다. 가자가 돈을 훔친 집도
무작정 월담을 한 곳은 아닌 셈이었다. 어쩐지 거미줄같이 얽힌 골목을

꿰뚫은 듯 질주하는 솜씨하며 도무지 돈의 씨가 말랐을 것 같은 집에서 돈뭉치를 들고 나온 것을 보면, 진짜 이 세상이 가자를 외면하지 않는 듯했다.

카페 안에는 가자와 나, 그리고 내 또래로 보이는 여자애 둘과 남자애한 명뿐이었다. 나는 유리창에 몸을 기대고 앉아 쿠션을 끌어안았다. 누군가 음료를 쏟았는지 얼룩이 번져 있었다. 턱에 가져 대자 쉰내가 났다. 줄넘기 교습을 마치고 나면 땀에 흠뻑 젖어 쉰내를 풀풀 풍기던 하록 선생이 그리웠다. 가자가 알고 있는 사실을 하록도 알았더라면 내가 그를 찾아 이곳에 올 일이 없었을 것이다. 어쩌면 열네 살 이후, 내 기억 속의 그는 영영 사라지고 없었을 것이다. 꿈에서라도 그를 알아보는 일은 없었겠지……. 그래도 그를 기억할 수 없어도 좋으니 하록 선생도 가자처럼 꿈을 가졌더라면……. 벼랑 앞에서도 이 세상이 언젠가 한번쯤은 응원을 보낼 것이라는 사실을 믿었더라면 어땠을까? 심장마비라고는 했지만 명확치 않은 사인이 존재했다고 담당 경찰은 말했다. 하지만 그것이 다 무슨 소용이냐고, 무연고자에게 죽음의 이름은 중요하지 않았다. 나는 비로소 하록 선생의 유품에서 사탕 통이 없음을 깨달았다. 그는 마지막까지 그 경건한 숨쉬기를 포기하지 않았을까.

✉ 너, 어제 안 들어온 거야? 어디야!

엄마였다. 안 들어간 게 이틀이란 사실은 중요하지 않았다. 문자를 확인하는 순간 간, 심장, 허파, 소장, 대장. 모든 내장 기관이 떨렸다. 이토록 뜨거운 설렘과 긴장감이라니!

✉ 귀댁의 자녀는 지금 출타 중이십니다. (주)솔로 권차호

나는 엄마처럼 답장을 보냈다. 통쾌한 복수극까지는 아니었지만 그동안 내가 받았던, 그 서운했던 자동 응답 메시지를 조금은 기억에서 지울 수 있지 않을까. 나는 엄마의 문자 메시지를 보관함에 저장했다. 가자가 이런 나를 뚫어져라 주시했다. 대강 우리 집 상황을 들은 가자는 내 행동에 궁금증이 일었나 보다.

"나, 엄마 문자 처음이야. 매번 병원 자동 응답 문자만 받았거든."

이 메시지는 세상이 나에게 보내는 희망의 메시지였다. 나는 또 다른 희망을 향해 조금 더 힘을 써 보기로 했다. 아버지에게, 형에게 메시지를 보냈다. 〈카페 24시〉 창으로 보이는 부산의 풍경을 찍어 보냈다. 어둠이 건물 뒤로 스며들고 새날이 움트려는 시간이었다.

나는 자리에서 일어나 기지개를 켰다. 웅크리고 쪽잠을 잤는데도 개운했다. 2층 창밖 아래로 내다보이는 광장이 줄을 넘던 운동장과 오버랩되었다.

"가자, 나가자. 여기도 아침 되면 영업해야 할 텐데 계속 죽치고 앉아 있을 순 없잖아?"

"니 서울아, 억수로 예의 바르네."

카페 밖으로 나오니 제법 공기가 서늘했다. 기분 좋은 서늘함이었다. 가자와 어깨를 나란히 하고 거리를 걸었다. 아침으로 돼지국밥이 어떻

164

느냐는 가자의 제안에 대답할 찰나, 아버지에게서 전화가 왔다. 오늘은 기록적인 날로 기억될 것이다. 이 기분을 즐기기 위해 일부러 전화를 받지 않았다. '부재 중 전화'란 글자에 입꼬리가 자꾸만 하늘을 향해 솟구쳤다. 삼 분 뒤, 형에게서도 문자 메시지가 도착했다. 밑도 끝도 없이 달랑 첨부 사진 한 장, 잔뜩 어지럽혀진 자기 책상 사진이었다. 사진 화면을 확대하자 알 수 없는 기호들과 설계도가 난무하는 컴퓨터 모니터가 보였다. 알고 싶지 않은 세계다. 하지만 엿보고 싶은 세계이기도 했다. 방관은 가족의 힘……. 자꾸만 힘들어지는 나만의 가훈이었다.

포장마차에 서서 우리는 묵묵히 어묵을 씹었다. 종이컵 속 맑은 국물이 빈속을 뜨끈하게 데워 주었다. 배가 점점 차자 가슴이 뭉클해졌다.
"학생들, 많이 묵고 많이 커라. 어데든 아프지 말고."
가게에 들어설 때부터 우리 쪽으로는 눈길도 주지 않던 아저씨가 말없이 어묵 국물과 어묵 꼬치를 우리에게 건넸다. 무뚝뚝한 인상과 달리 친절했다.
"많이 먹고 많이 커야지." 그랬다, 엄마는 어린 시절 나에게 주문처럼 이 소리를 했다. 태어날 때부터 병약했던 나였다. 온갖 약을 달고 살았던 기억이 났다. 집보다 병원에 입원해 있는 시간이 많던 날이었다. 그시절 엄마는 호박죽을 끓일 줄 알았다. 내가 유일하게 잘 먹는 음식이었기 때문이었다. 뜨거운 국물 탓에 용기가 끓어올랐을까? 나는 엄마에게 문자를 보냈다.

✉ 엄마, 호박죽.

그리고 나는 종이컵을 내려놓고 가자를 똑바로 쳐다보았다.
"집에 가야겠어."

피프광장에 들어섰을 때 가자가 뜻밖의 제안을 했다.
"니, 부산에서 갖고 싶은 기념품 없나? 내, 사 줄게."
주머니에 돈이 두둑하니 허세를 부리고 싶은 거냐고 놀렸다. 한다는
소리가 훔친 돈은 빨리 써서 없애는 게 상책이라고 가자가 너스레를 떨
었다. 못 이기는 척하며 녀석을 따라 근처 마트에 갔다. 간판만 마트일
뿐, 만물점 느낌의 가게였다. 간단한 식료품부터 문구 용품까지 없는
게 없어 보였다.
"골라 봐라."
가자는 선심 쓰듯 호기롭게 말했다. 어차피 계속 신세진 것, 확실하게
벗겨 먹는 편이 낫겠다 싶었다. 이것도 추억의 한 페이지를 장식하려나.
"부산 줄넘기 갖고 싶다."
"뭐라꼬? 부산 줄넘기이? 서울아, 니는 진짜 이상타."
우리는 줄넘기를 샀다. 그리고 피프광장에서 나란히 줄넘기를 했다.
새벽 공기는 상쾌했다. 청소를 하던 미화원이 잠깐이었지만 우리를 흘
끔 쳐다봤다. 이른 출근길의 사람들도 흘끔거렸다. 하지만 나는 상관하
지 않는다. 가자는 나와 달리 어색해했다. 자기가 미쳤다며, 왜 줄넘기
를 두 개나 샀는지 모르겠다고 푸념했다. 하지만 내가 묵묵히 줄넘기를

하자, 흥미로워 보였는지 자기도 줄을 넘기 시작했다. 가자는 줄넘기 선수로 가능성이 보이는 인재였다. 일본어에 이어 뜻밖의 재능이었다.

"코레 지와지와 쿠루!(이거 은근히 재미있는데!)"

새날이 밝아 오고 있었다. 머리 위로 스치는 줄 사이사이로 아침 햇살이 쏟아져 내렸다. 햇살을 헤치고 넘어가는 줄은 거침없었고 가벼웠다.

"가자. 너, 서울 가는 게 꿈 중의 하나라고 했지?"

2단 뛰기를 시도하던 가자가 보기 좋게 실패했다. 발의 스텝이 꼬인 까닭이었다.

"나랑 서울 갈래? 너, 강남 가 보고 싶다며?"

가자가 내 눈앞에 핸드폰을 들이밀었다. 서울지하철 노선도 앱이었다. 가자가 손가락으로 압구정역을 가리켰다.

"너거 집 여기가? 압구정?"

나는 손가락으로 강남구청역과 청담역 사이를 찍었다. 가자의 미간이 살짝 구겨졌다. 그러더니 한다는 소리가 압구정이 진짜 강남 아니냐는 것이었다.

"야, 와서 봐. 우리 집이랑 압구정 엎어지면 코가 아니라 코털이 닿아. 일본 애니메이션 피규어집도 같이 가자."

전에 내가 그랬던 것처럼 가자가 줄넘기 줄을 허리에 묶었다. 그리고 나에게 악수를 청했다. 영문을 몰라 어리둥절한 표정으로 가자의 손을 멀뚱히 보고 있는데,

"내 이름은…… 임신중이다."

가자가 자신의 본명을 알려 줬다. 온라인이 아니라 오프라인 상의 진짜 이름이다.

"뭐?"

"이상하게 생각 마라. 신중하게 살라꼬 아버지가 지어 주신 이름이다. 너한테는 내 진짜 이름을 알려 줘도 괜찮을 거 같아서."

나는 웃음이 터지려는 것을 가까스로 참고 코를 씰룩거리며 말했다.

"신중아, 그냥 가자 하자."

부산역까지 가는 내내 나는 미친듯이 웃어 댔다. 살면서 이렇게 많이 웃었던 날이 있었을까 머릿속으로 헤아려 보았다. 드디어 서울에 가 본다는 기쁨에 가자가 나에게 헤드락을 걸었다. 나는 과장된 리액션으로 죽겠다는 듯 역사 바닥을 굴렀다. 그 바람에 주머니에서 나의 비밀 하나가 툭 떨어졌다. 가자가 흠칫하더니 날 보고 피식 웃었다.

"니도 쎄빴나? 손 억수로 빠르네. 내는 니가 훔친지도 몰랐다."

그 집 책장에 있던 해피밀 세트 장난감이었다. 허접하기 짝이 없는 플라스틱 모조품이었지만 그 순간에 나는 갖고 싶단 생각뿐이었다. 심슨 가족이었다. 정확히 말하면, 심슨 가족이 사는 집 모형이었다. 빛바래고 칠이 벗겨진 싸구려 플라스틱 모형 집이 미치도록 갖고 싶었다면, 나의 도둑질을 한번쯤은 용서받을 수 있을까.

가자가 주머니를 뒤지더니 씹던 껌 종이와 장갑을 쓰레기통에 던졌다. 대형 텔레비전에서는 지역 뉴스가 흘러나오고 있었다.

"부산 해운대구는 범죄가 없는 안전특별구 사업을 추진하여 지역 내 47개소에 121대 감시카메라와 비상벨 설치 작업을 마쳤습니다……

특히 십 대 청소년 보호관찰의 역할에도 지대한 영향을 미칠 것으로……."

안내 방송과 뒤섞여 뉴스 내용이 잘 들리지 않았지만 이놈의 세상은 참으로 눈이 많기는 하다. 십 대란 말에 기차에서 만났던 그 애가 잠깐 떠올랐다. 가지런한 무릎을 가진 애, 더러운 소문을 걱정하던 애, 어두운 기억을 들고 어쩔 줄 몰라 했던 것은 아닌지……. 나 역시 그랬으니까. 하지만 나는 새 장난감을 손에 꼭 쥐었다. 버리는 대신 다시 줄넘기 줄을 돌려 보기로 마음먹었다. 부산에서 새로 산 줄넘기는 나쁘지 않았다. 그리고 나에게는 심슨 가족도 있다.

플랫폼으로 향하자, 커플로 보이는 이들이 작별 인사를 나누고 있었다. 그들은 서로에게 '안녕'이라고 말했다. 가자는 연신 서울행 기차가 들어올 방향을 향해 목을 빼고 있었다.

"헤어질 때 안녕이라니…… 그런 슬픈 얘기도 하지 마. 즐거운 것을 찾았어……."

나는 〈에반게리온〉에 나오는 대사 하나를 그대로 읊조렸다. 마니아답게 가자가 "오오! 역시 서울아, 억수로 센스 있네"라며 피식거린다.

하록, 나는 앞으로 즐거울 수 있을 것이다.

이제 목적지는 서울이다.

작가의 말

소율 이야기 ··· 김혜진

『흔적 없이 사라지는 법 : 실전 잠적의 기술』(프랭크 에이헌, 에일린 호란 지음)에서 시연의 직업에 대한 아이디어를 얻었다. 찾아내는 법을 알아야 숨을 수 있고 속이는 법을 알아야 속지 않을 수 있다. 당연하면서도 새삼스러운 깨달음이었다.

자의로든 타의로든, 고정된 시야가 흔들리게 되는 경험을 좋아한다. 다 낫지 않은 상처 딱지를 긁어내는 것처럼 아프지만 시원하고 통쾌하다.

'나'를 중심으로 설정된 관계망이, 타인을 중심에 두었을 때는 전혀 다르게 조정된다는 것을 알게 되었을 때도 그랬다. 내 삶의 조연, 아니 엑스트라에 불과한 이들에게도 나만큼이나 무거운 인생이 주어져 있다는 것, 그곳에서는 내가 먼지만 한 존재라는 것.

나는 절대 알 수 없을 그 이면의 삶들을 생각하면 세상이 조금 더 풍요롭게 느껴진다. 조금 더 겸손해져야 한다는 생각을 한다. 다른 사람들이 나를 어떻게 생각하든 그게 나의 전부는 아니라는 것이, 또한 내게도 저 사람의 전부가 보이지는 않는다는 것에 안도한다.

두 명의 작가들과 함께 한 권의 책을 쓰면서 그런 풍요로움과 겸손함과 안도감을 느꼈다. 나로서는 상상 못 할 가능성을 알게 되어 즐거웠다. 희미한 연결 고리로 엮여 있는 인물들이 서로 다른 이야기의 흐름 속에서, 그 맥락이 아니면 보지 못할 모습을 드러내는 게 좋았다.

이 책을 읽는 이들에게는 또 다른 무엇이 읽힐까. 그 삶의 맥락에서만 볼 수 있는 무언가가 드러나기를, 조심스레 기대해 본다.

세용 이야기 ··· 문부일

십 년 전 어느 겨울 저녁, 부산 영도의 태종대를 구경한 뒤 버스를 타고 돌아오는 길이었다. 가파른 산복도로의 풍경이 낯설어 창밖을 계속 바라보았다. 구불구불한 좁은 골목, 끝없이 올라가는 계단, 수십 년 전부터 그 자리를 지켰을 것 같은 낡은 상점, 나지막한 집들이 눈길을 끌었다. 표지판에 적힌 동네 이름을 보니, 인상 깊게 읽은 소설의 배경이었다.

버스에서 내려 작품 속 주인공이 지나다니던 골목을 걸었다. 가로등 불빛이 길을 잃지 않도록 이끌어 주었다. 오르막길과 내리막길을 반복하다가, 나무 간판에 무슨 '상회'라고 적힌 가게로 들어갔다. 소설의 제목과 같은 그 '짝퉁' 아이스크림을 찾았지만 없었다.

부라보콘을 먹으며 깊어 가는 부산항의 밤 풍경을 바라보았다. 출항을 준비하느라 분주한 항구의 환한 불빛이 따스했다. 심장을 두근거리게 만드는 뱃고동 소리 덕분일까? 차가운 바람이 제법 시원했다.

영도는 자본주의, 무한 경쟁에서 낙오하지 않으려고 애쓰는 나에게 느긋하게 살아도 된다고 다독이는 것 같았다. 고즈넉한 그 시선이 좋아 나만의 장소로 마음에 담아 두었다.

몇 년 뒤, 그 동네에 사는 선배를 알게 되었고, 영도와의 인연이 지금도 이어지고 있다.

번잡한 서울 생활에 지치거나, 마음이 어수선할 때 영도 봉래산을 걷고, 복천사를 찾았다. 관광객들은 모르는, 선배가 귀띔해 준 호젓한 해안 산책로를 걷다 보면 마음이 홀가분해진다. 허기가 지면 남항시장에 가서 돼지

국밥을 먹었다. 비가 오는 날이면 뜨거운 국물, 아삭한 깍두기가 더 생각난다. 그런 까닭에 부산 영도를 배경으로 소설을 쓰고 싶었다.

뱃고동 소리를 울리며 항구를 떠나 목적지를 향해 치열하게 고군분투하는 배처럼, 세용과 가자 그리고 우리의 삶도 그러하길 바라며 소설을 마무리한다.

사투리로 옮겨 준 사공선 님, 글쓰기의 방향을 이끌어 준 송현, 혜진 선배님, 여은영 편집자에게 감사를 전한다.

차호 이야기 … 이송현

꿈을 꿨다. 기묘한 내용의 꿈이었다. 기차를 타고 어디론가 가고 있었다. 기차는 텔레비전에서나 봤던 통일호였다. 초록색 벨벳 커버의 직각 의자, 손으로 여닫는 창문, 모든 것이 정겨웠다. 나 혼자였다. 그러나 나쁘지 않은 여행이란 느낌이 들었다. 기차 안에 탄 사람들과 이런저런 이야기를 나눴다. 이상한 것은 기차가 향하는 목적지를 알 수 없다는 사실뿐. 창밖으로 푸른 들판과 바다가 펼쳐졌다. 그러다가 갑자기 기차 안에 다급한 방송이 울렸다. 끝을 알 수 없는 터널에 들어설 때였다.

"어서 창문을 닫아요! 이 터널에는 온갖 무서운 것들이 나타납니다! 어서요!"

창틀에 팔을 올리고 나름 운치를 느끼던 나도 그 상황에서는 멘붕에 빠지기 딱이었다. 창문을 황급히 닫으려고 손을 뻗는 찰나, 캄캄한 터널에 기차는 멈춰 섰고 기차 안은 사람들의 비명 소리와 실체를 알 수 없는 공포로 아비규환이었다. 그때였다. 새하얀 옷을 입은 누군가가 내 팔을 댕강 잘라 갔다. 잘랐다는 표현보다는 뽑아간 것이 적절했다. 순식간의 일이라 넋을 잃었는데 그것도 찰나였다. 귀신이 잘라 간 팔이 하필이면 오른팔이라는 것을 깨닫는 순간, 나는 창문 밖으로 뛰어내렸다. 나의 오른팔을 반드시 찾아야만 했다. 오른팔은 나에게 목숨이었다.

'글을 써야 한다고!'

오직 이 생각뿐이었다. 나의 오른팔을 위해 나는 우사인 볼트도 울고 갈 속도로 터널 속을 달렸다. 한 치 앞도 볼 수 없는 어둠, 기괴한 소리들도 내

발을 붙잡을 수 없었다. 내 눈엔 내 팔을 들고 달아나는 귀신밖에 안 보였다. 그야말로 내 눈엔 너만 보여, 라고나 할까. 죽을 힘을 다해 뛰었다. 갑자기 내게 쫓기던 귀신이 제자리에 멈추더니, 나에게 욕을 했다. "지독한 X!" 간결하고 인상적인 욕이었다. 그리고 내 오른팔을 던져 줬다. 나는 잽싸게 오른팔을 잡았다. 그야말로 나이스 캐치였다. 나는 댕강 잘린 오른팔을 씩씩하게 다시 오른쪽 어깨에 붙였다. 왼손으로 오른팔을 꽉 잡아서 오른쪽 어깨에 쓱 맞춰서 꾸욱 눌러 줬다. 팔을 끼자, 터널 안이 환해졌다. 멈춰 선 기차로 돌아가면서 나는 중얼거렸다.

"참 다행이다, 팔을 찾아서. 앞으로 더 열심히 써야지. 즐겁게 써야지."

주인공 차호를 부산행 기차에 태우면서 나는 잊고 있던 그 꿈을 떠올렸다. 차호와 함께 숨 쉬고 움직이면서 나는 차호가 절대 포기하거나 절망하지 않기를 바랐다.

세 사람(혜진, 부일)의 인연을 만들어 준 토지청소년문학창작캠프에 감사드린다. 부디, 세상의 수많은 권차호들에게 우리 세 사람이 좋은 멘토였기를. 터널 안에 홀로 떨어질지라도 내가 함께 뛸 테니……. 권차호, 힘내라!

2017년 세상의 모든 기차들, 차호를 부탁해!

으랏차차, 이송현